Katarina Stevanović

205

D0720906

Amos Daragon, la tour d'El-Bab

Dans la série Amos Daragon :

Amos Daragon, porteur de masques, roman, 2003.
Amos Daragon, la clé de Braha, roman, 2003.
Amos Daragon, le crépuscule des dieux, roman, 2003.
Amos Daragon, la malédiction de Freyja, roman, 2003.
Amos Daragon, la colère d'Enki, roman, 2004.
Amos Daragon, voyage aux Enfers, roman, 2004.
Amos Daragon, Al-Qatrum, les territoires de l'ombre,
    hors série, 2004.
Amos Daragon, la cité de Pégase, roman, 2005.
Amos Daragon, la toison d'or, roman, 2005.
Amos Daragon, la grande croisade, roman, 2005.
Amos Daragon, porteur de masques, manga, 2005.
Amos Daragon, le masque de l'éther, roman, 2006.
Amos Daragon, la fin des dieux, roman, 2006.
Amos Daragon, la clé de Braha, manga, 2006.

Romans pour adultes chez le même éditeur :

Pourquoi j'ai tué mon père, roman, 2002.
Marmotte, roman, réédition, 2002 ; première édition,
    1998, Éditions des Glanures.
Mon frère de la planète des fruits, roman, 2001.

BRYAN PERRO

Amos Daragon, la tour d'El-Bab

LES NTOUCHABLES

Les Éditions des Intouchables bénéficient du soutien financier de la SODEC, du Programme de crédits d'impôt du gouvernement du Québec et sont inscrites au Programme de subvention globale du Conseil des Arts du Canada.

Nous reconnaissons l'aide financière du gouvernement du Canada par l'entremise du Programme d'aide au développement de l'industrie de l'édition (PADIÉ) pour nos activités d'édition.

LES ÉDITIONS DES INTOUCHABLES
4701, rue Saint-Denis
Montréal, Québec
H2J 2L5
Téléphone : 514-526-0770
Télécopieur : 514-529-7780
www.lesintouchables.com

DISTRIBUTION : PROLOGUE
1650, boulevard Lionel-Bertrand
Boisbriand, Québec
J7H 1N7
Téléphone : 450-434-0306
Télécopieur : 450-434-2627

Impression : Transcontinental
Infographie : Benoît Desroches
Illustration de la couverture : Jacques Lamontagne
Maquette de la couverture : François Vaillancourt

Dépôt légal : 2003
Bibliothèque et Archives nationales du Québec
Bibliothèque nationale du Canada

© Les Éditions des Intouchables, 2003
Tous droits réservés pour tous pays

ISBN 2-89549-116-X

Prologue

Il est écrit, sur les tables d'argile des anciens peuples, l'extraordinaire histoire de la tour d'El-Bab.

Enmerkar, grand prêtre des lointaines contrées de Sumer, et Aratta, roi du grand territoire de Dur-Sarrukin, décidèrent d'unir leurs forces pour créer un monument digne de la puissance d'Enki, leur dieu. Ils ébauchèrent les plans d'un gigantesque colosse, mais trouvèrent finalement l'idée trop modeste. Ils envisagèrent ensuite d'ériger une pyramide d'or, mais cette réalisation leur parut également trop humble pour célébrer correctement la dévotion du peuple à sa divinité. Puis on pensa à tailler le visage du dieu à même le roc de la montagne sacrée, mais ce projet trop peu audacieux fut aussitôt rejeté. Que faire alors?

Une nuit, Enmerkar fit un rêve dans lequel Enki s'adressa à lui:

– Tu me feras construire une tour incommensurable touchant le ciel et les nuages; elle sera visible des plus lointains territoires barbares jusqu'aux pays des grandes cités d'Orient. Cet édifice sera le point de repère de l'humanité afin que tous les peuples convergent vers moi et m'accueillent comme l'unique dieu de ce monde. Exécute ce que ton dieu t'ordonne et tu seras loué pour les siècles à venir!

Obéissant à la vision de son prêtre, le roi Aratta ordonna que l'on entreprenne les travaux. Les Sumériens commencèrent par soumettre les royaumes avoisinants et réduisirent leur population à l'esclavage. Les constructions des villes ennemies furent démontées pierre par pierre afin de fournir le matériel nécessaire à l'érection de la tour. Sous la direction d'Enmerkar, les plus grands mathématiciens et architectes du royaume de Dur-Sarrukin se rassemblèrent pour planifier et diriger le chantier.

Une nouvelle ère, celle d'El-Bab, qui signifie «dieu unique» en sumérien, allait bientôt commencer…

1

Le postérieur d'Harald aux Dents bleues

C'est par une belle journée d'été, quelques jours avant le solstice, qu'Amos Daragon débarqua dans la capitale viking des territoires de Ramusberget. Le petit drakkar en provenance d'Upsgran, le village des béorites, accosta sous un soleil de plomb. L'équipage épuisé allait pouvoir se reposer et profiter un peu des douceurs de la grande ville. Béorf Bromanson, un garçon d'à peine treize ans et demi, accorda quatre jours de congé à ses hommes, puis leur souhaita de faire de bonnes emplettes et de bien s'amuser.

Pour quiconque n'ayant pas suivi les aventures d'Amos et de Béorf, il faut savoir que les béorites sont des hommanimaux d'un certain type : ce sont des Vikings qui sont capables de se transformer en ours à volonté. Il peut paraître étrange qu'un garçon de treize ans et demi commande de tels hommes, mais, après la mort de son père, Évan Bromanson, et de son oncle, Banry Bromanson, c'est le descendant de la grande famille des Bromanson qui avait été désigné pour reprendre le poste de chef. Malgré son jeune âge et son manque d'expérience, Béorf avait accepté de devenir le nouveau maître d'Upsgran.

Béorf avait organisé cette expédition vers la capitale à la demande de son ami Amos qui désirait rencontrer le roi Harald aux Dents bleues, le chef suprême des contrées nordiques.

Le village d'Upsgran se trouvant très loin de la capitale, ses habitants en avaient profité pour donner aux membres de l'équipage de longues listes de choses à acheter. Les femmes avaient demandé qu'on leur rapporte les derniers tissus à la mode, des pots aux jolis motifs pour conserver la nourriture, des peignes, des pinces à cheveux et une foule d'autres babioles. Les hommes voulaient de nouveaux outils pour travailler la charpente des bateaux, des bêches, des skis neufs en prévision de l'hiver et une tonne de menus articles comme la nouvelle révolution dans le domaine du rasage, le blaireau!

Quant à Amos, il souhaitait s'entretenir de toute urgence avec le roi Harald aux Dents bleues. L'homme et le garçon se connaissaient bien. Ils s'étaient rencontrés avant la grande bataille de Ramusberget. Le roi avait un respect sans borne pour le jeune magicien, car Amos était un porteur de masques, un type de sorcier ayant été choisi pour rétablir l'équilibre du monde dans une grande guerre des dieux qui sévissait depuis quelques années maintenant. C'est par des masques et des pierres de puissance liés aux quatre éléments naturels et s'intégrant à son corps qu'il avait acquis ses pouvoirs. Trois de ces masques bouillonnaient déjà en lui, soit ceux du feu, de l'air et de l'eau, chacun étant serti d'une unique pierre de puissance. Il lui manquait donc un masque et treize pierres, puisque chaque masque était conçu pour recevoir quatre pierres.

Comme tous les sujets du royaume, Amos voulait rencontrer Harald pour lui demander de l'argent. Projetant de partir pour un très long voyage, il avait besoin d'une bonne bourse. Le porteur de masques savait que le roi finançait parfois des expéditions sur le continent afin de prendre contact avec d'autres royaumes et d'établir des routes de commerce. Il devait tenter sa chance.

Amos et Béorf pénétrèrent dans la grande salle d'audience. Harald se leva gaiement de son trône et vint les serrer dans ses bras.

– Ah! vous deux! Quel plaisir de vous revoir! Félicitations pour ta nomination, Béorf, et mes condoléances pour ton oncle Banry. C'était un homme…

– … un homme bon, enchaîna le gros garçon. Et doublé d'un farouche guerrier!

– Oui, tu as raison, convint le monarque. Sans lui et les autres béorites, nous n'aurions jamais gagné cette bataille finale contre les gobelins. Et Hulot! Que dire d'Hulot Hulson! Cet implacable guerrier qui a tué le dragon d'un unique coup d'épée! Des contes commencent à circuler sur lui et plusieurs chansons de guerre l'ont déjà immortalisé… J'ai… j'ai peine à croire qu'il nous a quittés, lui aussi!

– Je pense souvent à eux, confia Béorf avec tristesse.

– Mais bon! lança Harald pour alléger l'atmosphère, que puis-je faire pour vous? Je me doute bien que cette visite n'est pas seulement une visite de courtoisie. Vous avez quelque chose à me demander?

– Effectivement, confirma Amos. C'est moi qui ai une requête à vous soumettre.

– Eh bien, parle! l'encouragea le roi en regagnant son trône. Je suis tout oreilles!

Amos mit de l'ordre dans ses idées et commença:

— Durant la guerre contre les gobelins et les merriens qui nous a menés à Ramusberget, ma mère a été enlevée et vendue comme esclave. Je l'ai cherchée pendant de longs mois sans découvrir la moindre piste, mais aujourd'hui, grâce à l'aide d'une amie, je pense pouvoir la retrouver et la sauver.

— Très bien! fit Harald, intéressé. Continue…

— À cet effet, j'envisage de partir pour un très long voyage et de traverser des contrées inexplorées par les Vikings. Par la même occasion, j'aimerais vous être utile et vous servir en tant qu'ambassadeur. Je ferai route vers les contrées de l'Est tout en essayant de vous faire de nouveaux alliés et d'ouvrir des routes de commerce.

— Et tu veux que je finance ton voyage? devina le roi.

— C'est bien cela.

— Ahhh! si tu savais…, se lamenta Harald, je n'ai plus un sou! Mes coffres sont totalement vides! Les choses auraient été bien différentes si j'avais pu mettre la main sur le trésor du dragon dans la montagne, mais avec cette malédiction… Bref, me voici ruiné à cause de la guerre contre les gobelins… Tu comprends, les armes, les bateaux, les hommes, tout ça m'a coûté très cher!

— N'y aurait-il pas une autre solution? demanda Amos.

— Laisse-moi réfléchir… Tu pourrais sans doute faire financer ton voyage par les marchands du port. Ils sont riches à craquer car, depuis notre victoire, il n'y a plus de gobelins dans le pays et plus de merriens dans notre mer. Les trois royaumes vikings ont resserré leurs liens, et les caravanes et les navires marchands se promènent en sécurité partout. Nous avons quintuplé notre commerce avec les autres royaumes! Les nouveaux produits arrivent de partout! Au fait, as-tu déjà entendu parler des blaireaux? Un instrument pour le rasage! Fascinant comme invention…

— Et selon vous, les marchands du port accepteraient de commanditer mon expédition?

— Tu peux toujours essayer… même s'ils sont devenus aussi avares que riches! Ils rechignent à payer leurs taxes, mais ils ont tous des vêtements neufs, de puissantes flottes de drakkars et de splendides demeures au bord de la mer…

Amos prit quelques instants pour réfléchir et dit:

— D'accord, j'irai les voir, mais faisons ensemble un pari!

— Je suis partant! se réjouit le monarque.

— Je parie dix pièces d'or que, demain, vous aurez une marque rouge sur la fesse droite.

— Mais… mais comment peux-tu affirmer cela? interrogea Harald, surpris.

– Vous pariez ou non? insista Amos.

– Je parie!

– Alors, je prends congé pour l'instant et je vous revois demain.

– Très bien, alors à demain! lança le roi, tout excité.

Lorsqu'il sortit avec son ami de la salle d'audience, Béorf s'empressa de lui demander:

– Mais c'est quoi, cette histoire de pari? Je te rappelle que nous n'avons pas dix pièces d'or. Le village entier d'Upsgran n'a même pas une telle somme! Tu es devenu fou, Amos…

– Fais-moi confiance, demain ton village et le royaume seront plus riches et j'aurai l'argent pour notre expédition! Je t'explique…

***

Le lendemain, Amos et Béorf se présentèrent dans la salle d'audience, suivis cette fois d'une dizaine de prospères commerçants du port. Sans prêter attention à ces derniers, Harald accueillit ses jeunes amis en ricanant. Il se leva brusquement et lança joyeusement en se frottant les mains:

– Amos Daragon, je crois bien que j'ai gagné mon pari!

Le roi se retourna et baissa son pantalon. Les fesses à l'air, il s'écria:

– Pas de marque rouge sur la fesse droite et encore moins sur la gauche! Allez, tu me dois dix pièces d'or, Amos! Ta fameuse ruse ne t'a pas servi cette fois-ci et c'est moi qui empoche!

Amos fit alors face aux marchands et leur tendit la main. Estomaqués par le spectacle que venait de leur offrir le chef suprême, les commerçants remirent au jeune garçon chacun un sac contenant cent pièces d'or puis quittèrent un à un la salle d'audience. Béorf, hilare devant la scène, salua chacun des bourgeois d'une amicale claque dans le dos.

– Mais que… mais que se passe-t-il ici? demanda Harald, tout décontenancé, en remontant son pantalon. Je suis le roi et j'exige de savoir ce qui se trame ici! Amos! explique-moi!

– C'est très simple, dit le garçon en sortant dix pièces d'or de l'un des sacs. J'ai perdu mon pari avec vous et je vous remets ce que je vous dois. Voici votre dû!

– Mais… tous ces marchands?… Ils viennent à l'instant de te donner une vraie fortune!

– Exactement. J'avais parié cent pièces d'or avec chacun d'eux que le roi Harald en personne leur montrerait ses fesses avant même de leur dire bonjour ce matin! Et… j'ai gagné!

– Mais… mais je… mais…, balbutia Harald, je me suis fait avoir! Tu m'as manipulé!

— Pas tout à fait, reprit Amos. J'ai gagné mille pièces d'or ce matin! Moins les dix que je vous ai déjà remises, il m'en reste neuf cent quatre-vingt-dix. C'est beaucoup plus qu'il ne m'en faut! Je vous remets donc trois cent trente pièces supplémentaires et j'en laisse aussi trois cent trente autres à Béorf pour le village d'Upsgran. Le reste servira à mon expédition! Cela vous convient-il, messieurs?

— C'est parfait! lança Béorf, tout réjoui.

— Je pense que c'est un très bon prix pour avoir vu mes fesses! plaisanta le roi. Et c'est bien fait pour ces pingres de commerçants! Ils ont flairé l'argent facile et sont tombés dans le piège. Bien joué, Amos! Le royaume saura bien utiliser cette «taxe spéciale». Par contre, ne t'amuse plus jamais à mes dépens! Compris? Sauf... bien sûr, dans un cas aussi payant que celui-ci...

— C'est entendu! assura le jeune garçon. Maintenant je dois y aller. Merci de m'avoir reçu en audience et merci aussi pour votre sens de l'humour.

Satisfaits, les deux compagnons regagnèrent les quais, tout près du marché. Un large sourire éclairait leur visage.

— Amos, c'est tellement facile de gagner de l'argent avec toi! lança Béorf en rigolant.

— Disons que les choses ont bien tourné, répondit modestement son ami. Bon, maintenant, nous pouvons nous procurer ce dont nous avons besoin pour l'expédition. Regarde, Lolya m'a donné une liste interminable d'ingrédients à acheter.

— Je pense que je vais vendre le drakkar et en acheter un plus gros, déclara le chef d'Upsgran, redevenu sérieux. Avec tout ce que l'équipage rapportera, nous manquerons vite de place sur notre petit navire.

— Prends ces pièces, dit le porteur de masques en offrant une des bourses à Béorf. Si tu le peux, engage quelques hommes de main pour notre voyage, de solides gaillards qui pourront faire le chemin avec nous. Je ne veux pas partir avec des béorites du village. Il ne faut plus risquer la vie de ces gens. Ils ont déjà trop souffert…

— Mais…

— Il n'y a rien à ajouter, l'interrompit Amos, connaissant d'avance les arguments que son valeureux ami allait invoquer pour essayer de le faire changer d'avis.

— D'accord! maugréa Béorf en s'éloignant. On se retrouve au drakkar ce soir!

— Oui, à ce soir! répondit le garçon avant de disparaître dans la foule du marché.

2

Les esclavagistes

Les deux filles étaient assises sur une petite plage de galets aux abords du village d'Upsgran et regardaient l'océan. Médousa, la jeune gorgone, s'était installée à l'ombre d'un grand pin alors que Lolya, légèrement vêtue, se faisait bronzer.

— Dis-moi une chose, demanda Médousa à sa nouvelle amie. Les gens de ta race peuvent rester sous les brûlants rayons du soleil sans danger? Est-ce à cause de la couleur de votre peau?

— Peut-être bien, répondit Lolya. J'ignore si c'est parce que je suis foncée, mais j'adore sentir la caresse du soleil sur mon corps. Ce doit être pour cela que je suis toute calcinée comme tu le dis pour me taquiner! Tu devrais essayer, je te trouve un peu verte…

– J'aimerais bien, fit la gorgone en souriant, mais ma peau prendrait feu! Je suis une créature de la nuit, et la lune me convient mieux. Un coup de lune est beaucoup mieux pour moi qu'un coup de soleil!

– Je ne te connais que depuis quelques semaines et je te trouve fascinante, Médousa. Tous ces petits serpents qui te servent de cheveux et ta capacité de transformer les gens en statues de pierre d'un seul coup d'œil… Les gorgones sont épatantes!

– Heureusement que je porte des lurinettes[1]. Comme je peux voir à travers leurs verres sans pour autant qu'on puisse apercevoir mes yeux, je ne risque pas de pétrifier mes amis!

– C'est vraiment fantastique! Dis-moi autre chose, Médousa, te baignes-tu parfois? lui demanda la jeune Noire.

– Bien sûr. L'eau salée est très bonne pour moi, mais, par contre, avec ce soleil… tant pis, allons-y, je garderai ma robe!

Seule Lolya se dévêtit et les deux amies se jetèrent dans l'eau. L'océan était glacé et le

---

1 Lurinettes: Paire de verres enchâssés dans une monture de façon à être placée sur le nez, devant les yeux. Invention des luricans de l'île de Freyja. C'est Flag Martan Mac Heklagroen, leur chef, qui baptisa ainsi l'objet en fondant les mots «lurican», en l'honneur de son peuple, et «coquette», en s'inspirant du visage de Médousa, pour créer «lurinettes».

contraste avec la chaleur du jour fit hurler les baigneuses. Elles firent quelques brasses rapides pour se réchauffer tout en s'amusant de leur audace. La toque de Lolya se défit au contact d'une vague, laissant ainsi ondoyer ses très longs cheveux autour d'elle. Avec ses pieds palmés, Médousa nageait avec aisance. Elle plongea un long moment et remonta avec un poisson entre les dents. La jeune Noire éclata de rire, ce qui lui fit avaler de force une bonne gorgée d'eau salée. Les filles revinrent en riant reprendre leur place sur le rivage.

– Ouf! dit enfin Lolya, quelle tasse j'ai bue!

– Tu as bien failli avaler toute la vague, répliqua Médousa en pouffant. Tes cheveux sont magnifiques! Ils sont si longs et bouclés en plus! Tu devrais les laisser détachés plus souvent!

– Ce ne serait pas une bonne idée. Au bout de quelques heures seulement, je serais transformée en monstre poilu! Et je t'assure que tu n'aimerais pas voir ça; j'aurais l'air d'une boule de poils sur deux pattes...

– Tu ressemblerais à Béorf alors?

– Exactement!

Les filles rirent de bon cœur, puis Médousa offrit à Lolya de lui peigner les cheveux, ce que celle-ci accepta avec plaisir. Ensemble, elles discutèrent longuement de choses et d'autres, s'amusèrent beaucoup et se confièrent quelques secrets trop importants pour être révélés ici même. Cet après-midi de rires et de baignade sous le soleil souda leurs atomes crochus et elles devinrent les meilleures amies du monde.

Comme elles ramassaient leurs affaires pour rentrer à la cabane de Sartigan, cinq grands gaillards les surprirent. Ils avaient l'air de véritables barbares. La barbe longue et les cheveux hirsutes, ces hommes avaient de gigantesques épées. Torse nu, le regard sauvage, légèrement vêtus de cuir mal brossé et couverts de peintures de guerre, ils avançaient vers elles en ricanant. L'un d'eux s'exclama:

– Que voici de belles petites créatures! Je savais que ce voyage vers l'océan serait payant!

– La jeune Noire est bien jolie, lança un autre en se léchant les babines. Je pense que je vais la garder comme femme! En plus, avec les bijoux qu'elle porte, je serai riche!

Les barbares éclatèrent tous d'un rire bien gras.

– Salut, mes mignonnes! poursuivit celui qui, par ses peintures de guerre, semblait être le chef. Vous êtes seules ici? Vous attendez vos parents?

Médousa et Lolya reculèrent d'un pas tout en demeurant muettes.

— Mais elles ont perdu leur langue! fit le plus gros du groupe en s'esclaffant. Remarquez que j'aime bien les filles qui se taisent quand on leur parle.

— Laissez-nous tranquilles! ordonna Lolya.

— Oh! oh! oh! des menaces! lança le chef. Vous avez entendu, les gars? La petite négresse veut que nous partions! Eh bien, allons-nous-en! Vite!

Une hilarité générale s'empara encore une fois du groupe de malotrus.

— Nous allons partir, continua-t-il, mais avec vous!

— Tu as vu, remarqua le gros, celle-ci a des serpents sur la tête… Berk! c'est dégoûtant! Tu penses qu'on pourra en obtenir un bon prix?

— Oui, assura le chef. L'important, c'est qu'elle soit vivante. Les Sumériens sont peu regardants sur les esclaves que nous leur vendons, même s'ils ressemblent à des grenouilles!

— Messieurs, c'est le dernier avertissement que je vous donne, menaça Lolya. Passez votre chemin ou vous en subirez les conséquences!

— Ouuuh! elle a du caractère, cette petite effrontée! s'écria un des barbares en saisissant le pommeau de son épée. Elle a sans doute besoin d'une bonne correction…

— DU CALME! hurla le chef. La marchandise doit être en parfait état.

— Moi, je veux bien vous suivre, dit soudainement Médousa. Où allons-nous?

— Bon, c'est mieux comme ça, répugnante créature! répondit le chef. Nous allons faire un long voyage jusqu'à notre village pour vous vendre et ensuite, si nous obtenons un bon prix pour vous, d'autres gentils messieurs vous amèneront très, très loin d'ici! Pour vous remercier de collaborer si gentiment, je vous donnerai de beaux bracelets pour mettre à vos poignets et à vos chevilles.

— Des bracelets reliés par une chaîne, c'est bien cela? demanda Lolya.

— En plus d'être jolie, tu es très intelligente! fit l'un des barbares en ricanant. Moi, j'aime bien les filles intelligentes. Je pense que c'est moi qui te garderai comme femme!

Lolya marmonna alors discrètement quelques phrases incompréhensibles.

— Très bien! acquiesça Médousa. Comment pourrions-nous vous résister? Vous si grands, si puissants et si forts… nous n'avons aucune chance. J'ai une question par contre!

Les barbares s'approchèrent et entourèrent les filles.

— Pose ta question, petite grenouille! ordonna le chef sur un ton sec. Ensuite, nous allons vite y aller.

– Avez-vous déjà vu ceci? lui demanda Médousa.

D'un coup, la gorgone déploya ses ailes. Les barbares, surpris, reculèrent de quelques pas.

– PAR WOTAN! s'exclama l'un d'eux. Cette gamine a des ailes!

Les hommes dégainèrent leurs armes, prêts à l'action.

– TU SAIS POURQUOI J'AI DES AILES, GROS PORC? hurla la gorgone. C'EST PARCE QUE JE SUIS UNE DÉMONE!

Médousa retira subitement ses lurinettes et regarda le chef des barbares droit dans les yeux. L'homme poussa un cri d'horreur. Sous le regard ahuri de ses compagnons, il se figea. Sa peau se durcit en prenant la couleur grise de la pierre. En moins d'une seconde, il était pétrifié, transformé en statue de pierre.

À ce moment, Lolya tourna sur elle-même en invoquant un esprit. Une ombre se matérialisa près d'elle puis bondit en même temps vers deux des barbares. Défendant leur vie, ces derniers s'élancèrent sur le spectre, mais leur épée passa au travers de la créature sans lui faire la moindre égratignure. L'esprit prit alors possession du corps d'un des assaillants et le fit se retourner contre son comparse.

Médousa sauta au visage du plus gros barbare et le fit tomber à la renverse. Elle lui tint les paupières ouvertes et cria:

– TU NE ME TROUVES PAS BELLE, HEIN? TU AURAIS DÛ APPRENDRE À PARLER AUX FEMMES!

Dans une supplication larmoyante, le guerrier se mua en pierre.

Pendant ce temps, l'esprit avait eu raison de son adversaire et se dirigeait maintenant vers le dernier survivant. Lolya intervint:

– Tu me voulais pour femme? Eh bien, je te présente mon copain. Attention, il est très jaloux!

En deux coups d'épée, la tête du barbare vola dans les airs puis atterrit sur la grève. Sa tâche terminée, l'esprit retourna son arme contre le corps de son hôte et lui transperça l'abdomen d'un mouvement brusque. Le barbare s'effondra sur le sol, mort.

La créature éthérée se détacha alors du guerrier et vint saluer Lolya.

– Merci, dit la jeune nécromancienne, ton aide m'a été d'une grande utilité. Je te libère, retourne à la mort et repose en paix.

L'esprit disparut aussitôt.

Essoufflées, les filles s'assirent par terre, l'une près de l'autre, pour se remettre un peu de leurs émotions. Médousa remit ses lurinettes et dit:

— Tant pis pour eux! Nous les avions averti...

— Tu as un sacré pouvoir, Médousa! la complimenta Lolya.

— Et toi donc! Surprenant, cet esprit! On ne s'attaque pas à l'ancienne reine des Dogons sans en subir les conséquences!

— Nous formons une sacrée équipe! Plus besoin d'Amos ni de Béorf!

— En tout cas, répondit Médousa avec un grand sourire, ils ont deux copines qui savent se défendre!

— Reprenons notre souffle et ensuite allons voir derrière, dans la forêt, s'il n'y en a pas d'autres, de ces barbares.

— Bonne idée. Mais restons prudentes...

Après une fouille minutieuse d'une partie de la forêt, les filles trouvèrent cinq chevaux chargés de tout l'équipement nécessaire à un long voyage. Il y avait aussi des dizaines de chaînes et de lourds bracelets de fer. Pas de doute, ces hommes étaient bien des chasseurs d'esclaves! Dans un grand livre de comptes, on pouvait clairement voir tous les détails de leurs transactions et les sommes qu'ils avaient amassées. Ils commerçaient avec les gobelins et plusieurs autres races hideuses d'humanoïdes. D'après les écrits, il existait des dizaines de petits groupes comme celui-ci qui écumaient la région. Tous ceux qui participaient à ce lucratif commerce venaient du village d'Arkalaen, situé dans les contrées barbares de l'Est. Parmi les papiers se trouvait une carte indiquant clairement l'emplacement du village ainsi que plusieurs routes pour s'y rendre.

– Cela nous sera utile! assura Lolya. Je ne pense pas que la mère d'Amos soit passée entre leurs mains, son nom ne figure pas dans le registre, mais nous avons maintenant une piste qui nous mènera peut-être vers ceux qui achètent les esclaves vendus par ces barbares.

– Si j'avais pu faire parler leur chef avant de le pétrifier, lança Médousa, nous aurions pu lui tirer les vers du nez!

– Lui tirer les vers du nez? répéta pensivement Lolya. Faisons cela! C'est une très bonne idée.

– Mais… mais il est mort!

– Un mort, c'est très bavard! rétorqua la jeune Noire en riant. Aide-moi, je vais amener ces chevaux à Upsgran pour en faire cadeau aux béorites et, pendant ce temps, tu iras chercher la tête décapitée du barbare. Rejoins-moi ensuite à la cabane de Sartigan.

– Et je suppose que tu feras parler la tête? demanda Médousa, à moitié convaincue.

– Tu verras, j'ai plus d'un tour dans mon sac…

— Attends, insista gentiment la gorgone. Je vais t'aider à te coiffer… C'est bien vrai que tu as l'air d'un monstre poilu quand tu es dépeignée!

***

Médousa récupéra avec dégoût la tête du barbare et s'en retourna à la cabane dans la forêt. Cette modeste demeure appartenait au maître d'Amos et de Béorf, un vieil homme nommé Sartigan. Il avait disparu au cours d'une excursion et les rêves divinatoires de Lolya lui avaient fait dire qu'il était, comme la mère d'Amos, retenu prisonnier. La maison du vieillard était maintenant le refuge des deux filles, alors qu'Amos et Béorf habitaient la maison des Bromanson, au centre du village d'Upsgran. Pour ne pas effrayer les villageois, Médousa vivait cachée tandis que Lolya connaissait presque tout le monde et se promenait chez les béorites comme chez elle. Médousa, en tant que gorgone, savait que la plupart des gens ne l'auraient pas acceptée. Elle avait un très joli visage mais, avec ses cheveux-serpents et sa peau verte, elle faisait trop penser à un démon ou à un être maléfique des légendes anciennes. Les béorites avaient l'esprit ouvert sur bien des aspects, mais, là-dessus, il valait mieux ne pas prendre de risques.

Après avoir livré les chevaux à Upsgran, Lolya revint rapidement à la cabane et vit la tête du barbare au pied de la cheminée. Médousa attendait son amie en grignotant de gros scarabées bien dodus.

– Tu en veux un? lui demanda-t-elle.

– Oui, merci! répondit Lolya en prenant l'insecte.

Vivant sur des terres arides, le peuple des Dogons, dont était issue Lolya, s'était habitué à manger n'importe quoi pour survivre durant les sécheresses. Les insectes faisaient partie de son régime alimentaire depuis plusieurs générations. Dans le cas des gorgones, cafards, scarabées, fourmis, chenilles, papillons de nuit et perce-oreilles étaient la base d'une saine alimentation.

Lorsque son goûter fut terminé, Lolya disposa trois chandelles noires autour de la tête et une autre directement dessus.

– J'ai remarqué que tu avais des chandelles de différentes couleurs, dit la gorgone en observant son amie. Pourquoi n'utilises-tu maintenant que les noires?

– Je t'explique, répondit Lolya. À chaque couleur correspondent des caractéristiques très précises. Les blanches servent à accroître la force psychique, la clairvoyance et la divination. Elles développent les forces spirituelles, la protection de l'âme et la purification intérieure. Je me sers des noires pour me protéger de la malchance, du malheur ou encore pour entrer en contact avec les esprits. Ce type de bougie exorcise le mauvais œil et chasse le mal. Les vertes sont le symbole de la jeunesse et de l'abondance. Je les utilise au cours des bénédictions et des fêtes. Les rouges servent pour les charmes d'amour…

— Les charmes d'amour? l'interrompit Médousa. Tu devrais les utiliser sur Amos! J'ai vu comment tu le regardes parfois et…

— … et mêle-toi de tes affaires…, l'avisa la nécromancienne, mi-sérieuse. Si, et je dis bien « si », Amos m'intéressait, je voudrais qu'il tombe amoureux de moi sans recourir à un sort… Bon, je poursuis, si tu veux bien…

— Vas-y, je ne parle plus de charmes d'amour et je t'écoute, fit la gorgone, amusée.

— Très bien. Donc, dans ce cas-ci, j'utilise les bougies noires parce que je vais interroger cette tête de barbare. Elles me serviront de barrières contre le monde des ténèbres. Je veux que la tête me confirme ce que j'ai déjà vu en rêve…

La jeune sorcière alla chercher son grimoire et commença une étrange cérémonie. Après avoir allumé les bougies, elle brûla quelques poils de barbe du barbare et en mélangea la cendre à sa propre salive puis, avec cette mixture, se dessina quelques signes étranges sur le visage. Lolya prononça ensuite une formule magique et lança de la poudre d'or autour d'elle. Finalement, elle brisa trois petits os de pigeon et dit à voix haute:

– Trois os pour trois questions, trois réponses je veux… La voici, je ne la répéterai pas… Pour qui chassais-tu des esclaves?

La tête du barbare s'anima lentement et répondit:

– Pour les Sumériens.

– Pourquoi les Sumériens ont-ils besoin d'esclaves?

– Pour construire la tour d'El-Bab.

– Qu'est-ce que la tour d'El-Bab?

– Elle sera le joyau de ce monde… une tour touchant les nuages pour célébrer la gloire d'Enki, le dieu unique.

– Le dieu unique? fit Lolya, stupéfaite.

Trois os, trois questions seulement! La tête du barbare resta muette et les bougies noires s'éteignirent d'elles-mêmes.

3

Monsieur Grumson, ses fils et Maelström

Au retour de son congé, un magnifique drakkar attendait l'équipage des béorites. Béorf avait dépensé presque tout son or pour offrir ce cadeau aux habitants d'Upsgran. Le navire était fait de chêne rouge et miroitait d'un vermeil clair. Une figure de proue représentant une mangouste dévorant un serpent ornait l'avant du bateau. Béorf avait choisi le navire notamment à cause de cette sculpture. C'était avec des mangoustes qu'Amos avait mené sa première grande bataille à Bratel-la-Grande, et depuis, le petit animal avait une place de choix dans son cœur.

On remplit le petit drakkar à ras bord des emplettes de l'équipage, puis on l'attacha derrière le nouveau navire. Heureusement que Béorf avait acheté ce bateau! Jamais les béorites n'auraient eu assez de place pour ramener à Upsgran tout ce qu'ils avaient acheté.

– Alors, Béorf, s'informa Amos, as-tu trouvé quelques hommes pour nous accompagner dans notre voyage?

– Malheureusement non, avoua le gros garçon. Je suis allé voir le scribe pour qu'il me prépare des affiches que j'ai ensuite posées aux quatre coins de la ville. Jusqu'ici, personne n'a répondu à l'appel.

– Il nous faut pourtant un équipage pour naviguer sur la grande rivière de l'Est. C'est la façon la plus rapide et la plus simple pour entrer au cœur du continent.

– Tu ne veux vraiment pas que mes hommes nous accompagnent plus loin? lança le chef d'Upsgran qui avait du mal à se résigner à partir sans eux. Personne ne connaît mieux la mer qu'eux et tu sais que les béorites sont toujours prêts à sortir griffes et crocs quand un danger se présente…

– Je te l'ai déjà dit, Béorf: il est hors de question que ces gens risquent leur vie, répondit Amos d'un ton qui n'admettait pas de réplique. Les habitants d'Upsgran n'ont même pas fini de pleurer leurs morts. Et je peux te garantir qu'il n'y en aura pas d'autres dans cette nouvelle expédition. Tu peux dire ce que tu veux; rien ne me fera changer d'idée. Il nous faut de bons marins capables de naviguer en rivière, c'est tout! Ensuite, nous continuerons l'aventure à quatre…

Béorf n'eut pas le temps de chercher d'autres arguments que, de toute façon, il savait vains. Une clameur se répandit sur les quais. Quelqu'un était vraisemblablement en train de se noyer et refusait obstinément qu'on l'aide. Les deux garçons accoururent sur la scène du drame.

Cinq jeunes hommes, grands et costauds, étaient accroupis sur le quai et criaient:

– Donne-nous la main, père! Donne-nous la main, allez, père, donne la main!

Les curieux étaient nombreux à observer l'absurde spectacle. L'homme avalait de l'eau et se débattait frénétiquement, mais refusait de se laisser secourir. L'attroupement sur le quai s'élargissait de seconde en seconde, et des voix lancèrent bientôt:

– Allez! Donnez-leur la main! Mais qu'est-ce qu'il fait? DONNEZ VOTRE MAIN! Vous êtes tout juste à côté du quai! Mais bon Dieu! il a de l'avoine dans les oreilles! Donnez la main!

– Qu'il se noie donc, ce vieil avare! s'exclama un badaud.

– Il a ce qu'il mérite, ce pingre! renchérit un autre.

– De toute façon, je me demande bien comment ses fils peuvent supporter un tel grippe-sou! cria une femme, furieuse devant cette scène. Qu'on le laisse couler…

Un des fils du noyé se leva et hurla à la foule:

– Mes frères et moi promettons de servir celui ou celle qui fera entendre raison à notre père!

Alors, Amos se tourna vers Béorf et lui dit:

– Mais le voilà, notre équipage!

Puis le jeune porteur de masques bondit, s'accroupit sur le quai et cria:

– PRENEZ! PRENEZ MA MAIN, MON-SIEUR!

Aussitôt, l'avare agrippa le bras d'Amos, et ce dernier le tira vers ses fils. Les cinq garçons s'empressèrent de sortir leur père de l'eau. La foule applaudit mollement Amos et se dispersa ensuite. Béorf s'approcha alors de son ami:

– Je ne comprends pas, Amos, explique-moi. Comment as-tu fait pour qu'il accepte ton aide alors qu'il refusait celle de ses propres enfants?

– C'est simple, expliqua le porteur de masques. D'après les commentaires de la foule, cet homme a la réputation d'être un redoutable harpagon. Au lieu de lui dire de me DONNER sa main, je lui ai offert de PRENDRE la mienne! Un véritable avare ne donne jamais rien, mais il prend tout!

– Épatant! s'exclama Béorf. Et tu crois qu'il aurait pu se laisser mourir pour... pour une question de vocabulaire?

– Sartigan m'a déjà dit que les hommes n'entendent bien que ce qu'ils veulent bien entendre!

Le rescapé, un petit homme d'une soixantaine d'années, mal rasé et les cheveux gris, s'avança vers Amos. Il était accompagné de ses fils, cinq gaillards aux cheveux blonds et aux muscles noueux. Les cinq frères se ressemblaient tous. Ils avaient presque la même bouche, les mêmes yeux, la même taille. L'avare toussota pour s'éclaircir la voix avant de parler:

– Il n'était pas nécessaire de me venir en aide, mes fils l'auraient fait, mais ils ont été moins rapides que vous!

– Vos fils étaient là depuis longtemps, monsieur, et ils essayaient justement de vous secourir! corrigea Amos.

– Ah bon? s'étonna faussement l'homme. Pourtant, je ne les ai pas vus ni entendus! Enfin, passons... Vous pouvez m'appeler monsieur Grumson et voici mes fils: Magnus,

Markus, Morkus, Mikus et Mékus. Ce sont des quintuplés… Leur… leur mère est morte en leur donnant naissance! Cinq bouches à nourrir… Quel malheur pour moi!

— Moi, je suis Amos Daragon et voici mon ami: Béorf Bromanson.

— Bien, très bien, conclut l'avare… Au plaisir de vous revoir un jour! Maintenant, partons, mes garçons!

— Un instant! fit Amos pour le retenir. Il reste deux détails à régler!

— Et quels sont-ils? grommela Grumson père.

— Un de vos fils a juré de servir, avec ses frères, quiconque vous sortirait de l'eau. Vous avez donc une dette envers moi et… justement, j'ai besoin d'un équipage de navire. Je requiers donc vos services pour un mois et vous serez libres ensuite…

— Hum…, fit l'avare en se renfrognant. C'est embarrassant… Je ne quitte jamais mes fils et s'ils doivent partir avec vous, je vous accompagne aussi!

— Eh bien, soyez le bienvenu! se réjouit Béorf.

— Cependant, vous devez savoir que si je vous accompagne, vous devez me payer, moi! précisa le grippe-sou.

— Et combien voulez-vous? demanda Amos.

— Je coûte cher car je suis une personne d'expérience…, reprit l'homme en se frottant les mains. Disons… six pièces d'or par semaine !

— Mais c'est hors de prix ! s'écria Béorf. Deux pièces par semaine seraient un excellent salaire.

— C'est à prendre ou à laisser…, soupira l'homme. Les temps sont durs et…

— Très bien ! l'interrompit Amos. Demain à l'aube, soyez au port avec vos fils et je vous verserai votre salaire à la fin de chaque semaine.

— Entendu, à demain alors, acquiesça l'avare en ricanant.

— Autre chose encore, ajouta le garçon. Vous ne m'avez pas remercié de vous avoir sauvé la vie… pourquoi ?

— Je le ferai bientôt, affirma le grippe-sou en s'éloignant avec ses fils. Bientôt…

***

Durant le voyage de retour vers Upsgran, monsieur Grumson regarda ses fils travailler sans jamais lever le petit doigt pour leur venir en aide. Les gaillards souquaient ferme, ajustaient les voiles et nettoyaient le pont du nouveau bateau. Lorsque le navire faisait escale dans une île, ils défrichaient, montaient la tente, ramassaient du bois pour allumer des feux, préparaient les repas et s'occupaient du confort des béorites. Jamais ils ne faisaient la grimace ni ne rechignaient devant l'ouvrage. De plus, Magnus, Markus, Morkus, Mikus et Mékus étaient de très agréable compagnie.

Monsieur Grumson, pour sa part, se plaignait constamment de son arthrite et de ses maux de dos. Il mangeait comme un glouton, laissant à peine de quoi grignoter à ses fils. Il rouspétait sans cesse, se plaçait toujours intentionnellement au mauvais endroit, s'amusait des erreurs de l'équipage, critiquait Béorf dans sa façon de commander, riait sous cape d'Amos et de ses cheveux tressés et, par-dessus tout, il coûtait une fortune. Heureusement, ses fils étaient braves et ils valaient largement le salaire que le porteur de masques versait à leur père.

Lorsque le drakkar accosta le quai d'Upsgran, c'est avec une très grande joie que les béorites rentrèrent chez eux, d'autant plus heureux de ne plus avoir à entendre les âneries du père Grumson. On installa toute la famille dans le grenier de la taverne, au grand déplaisir du vieux grincheux. Il aurait voulu une chambre privée, une meilleure paillasse pour ses vieux os, le petit-déjeuner servi au lit et un balcon donnant sur la mer.

Les quintuplés remercièrent chaleureusement la patronne pour son accueil et offrirent même leurs services à la cuisine.

Quant à Amos et à Béorf, ils regagnèrent leur maison dans le village.

– Allons donc rendre visite à Médousa et à Lolya, suggéra le gros garçon. Elles seront ravies de voir tout ce que nous leur rapportons!

– Bonne idée! Vas-y, je t'y rejoindrai tout à l'heure, répondit Amos. Je veux passer à la grotte avant... Je veux voir comment se porte Maelström. J'ai d'ailleurs rapporté une foule de choses pour lui et pour Geser...

– Très bien. Je me charge d'apporter les poudres, les ingrédients et toutes les autres babioles que nous avons achetées pour les filles. Je t'attends chez elles, à la cabane de Sartigan. Ne sois pas trop long, Amos!

Béorf pénétra dans la forêt alors qu'Amos, de son côté, longea la côte en direction de la colline surplombant le village. Sur les hauteurs, Geser Michson, dit la Fouine, l'attendait. Il lui envoya la main et lança:

– Salut à toi, Amos! J'ai vu arriver le drakkar... Le voyage a été bon? Et comment va le vieux roi Harald?

– Le trajet fut un succès et Harald se porte bien, malgré quelques petits problèmes financiers!

Geser Michson avait été de la grande bataille de Ramusberget. Ce béorite était un très mauvais marin, mais il n'avait pas son pareil sur terre. Il connaissait tous les arbres et les plantes, ainsi que tous les animaux, que ce soient des insectes, des oiseaux ou des reptiles. La forêt était son élément. Depuis quelque temps, c'est lui qui prenait soin de Maelström, le petit dragon.

Geser habitait maintenant avec la créature dans une ancienne forteresse, creusée à même la colline et où aucun béorite ne se rendait plus jamais. Ce vestige des guerres anciennes ne présentait plus aucun intérêt. Au village, on avait même oublié son existence. Personne ne savait qu'un dragon sommeillait actuellement dans cette colline et que son gardien était Geser.

Alors qu'il était encore dans sa coquille, Maelström avait été offert en cadeau à Amos par le dragon de Ramusberget. Il avait éclos durant le voyage vers l'île de Freyja, puis était mort après de longues semaines d'agonie des suites de son combat avec un griffon. Lolya, en utilisant un cœur humain ensorcelé par la défunte sorcière Baya Gaya, avait réussi à redonner vie à la bête. Le dragon se remettait maintenant de ses blessures et de son opération. C'est Béorf qui l'avait baptisé Maelström en l'honneur de sa puissance.

– Viens, Amos! lui dit Geser, ravi de la visite de son ami. Je pense qu'il a hâte de te voir!

– Comment va-t-il? lança le garçon en allumant une torche.

– Descendons dans la grande salle et tu seras surpris de mon travail! s'enorgueillit Geser.

Amos et Geser s'enfoncèrent au cœur de la colline en empruntant un vieil escalier de pierre. En descendant vers Maelström, le porteur de masques demanda:

– Est-il encore agressif?

– Je n'ai jamais vu une créature plus douce que celle-là! assura Geser. Tu m'avais dit qu'il était belliqueux et très méchant, mais je ne trouve en lui qu'affection, tendresse et obéissance. D'ailleurs, il commence à comprendre notre langue. Il ne bouge pas beaucoup encore, mais son moral est bon et il remonte bien la pente… Maelström est fort! Il est très solide! Attention à la tête…

Sous le bas plafond de la galerie souterraine, Geser alluma quelques torches accrochées aux murs, et la pièce s'éclaira d'une douce lumière vacillante. Au fond de la pièce, le petit dragon leva un peu la tête. Il ouvrit la bouche et lança faiblement:

– AAAAAAMOS! AAAAAAMOS!

– Tu lui as appris à prononcer mon nom?! s'étonna le porteur de masques, ému.

– Eh oui! clama fièrement Geser. Comme il ne peut pas encore se mouvoir, pour le distraire je lui apprends à parler!

– GEEEEEESER! AAAAAAMOS! MAELSTRÖÖÖÖM! continua la petite bête de feu.

Attendri, Amos s'assit tout près de Maelström qui posa la tête sur ses genoux. Il lui caressa longuement la nuque, comme il l'aurait fait avec un chien.

– Je savais que tu deviendrais un bon dragon, une bonne créature capable d'aider les hommes au lieu de les tuer.

– Tu sais, dit Geser en s'approchant du garçon, je ne connaissais pas cette créature avant que Lolya lui greffe un cœur humain, mais je peux t'assurer que je n'ai jamais vu un animal aussi intelligent et aussi amical que lui.

– Tu as bien raison. Je pense que Lolya lui a aussi donné une autre âme…

– Aaaaaaamos! murmura le dragon en fermant les yeux de bien-être.

– Je te remercie, Geser, pour ton aide, dit Amos, reconnaissant. Tu étais comme les autres béorites du village, c'est-à-dire que tu ne savais rien de cette histoire de dragon. Cependant, malgré ta surprise et ton appréhension, tu as décidé d'aider Maelström et c'est très généreux de ta part.

– Je le veille jour et nuit, et je n'ai pas connu de plus agréables moments de toute ma vie. Mais dis-moi, as-tu apporté ce que je t'avais demandé ?

– Bien sûr. Tout est dans le sac, ici… Il y a des plantes fortifiantes, ton thé préféré, enfin… la liste est complète. Et tu ne me dois rien, c'est une gracieuseté des marchands du port. Ils ont perdu un ruineux pari !

– J'aime les bonnes histoires. Allez, raconte !

Amos relata en détail l'épisode des fesses du roi Harald sous les rires et les exclamations de joie du béorite. Maelström, toujours en train de se faire caresser la tête, semblait lui aussi prendre plaisir à écouter ce récit. Juste avant la fin de l'histoire, un bruit retentit dans le couloir.

– Éteins les torches, Amos ! murmura Geser tout en se métamorphosant en ours. Je vais m'occuper des intrus !

Après quelques secondes de silence, le dragon hurla :

– BÉÉÉÉORF ! MÉÉÉÉDOUSA ! LOLLLLA !

– Pas Lola ! fit une voix de fille dans le couloir. Lolya ! C'est Lolya !

– Ça va, tu peux rallumer les torches, Amos, lança Geser, soulagé. Ce sont nos amis qui arrivent !

En utilisant ses pouvoirs de porteur de masques, le garçon claqua des doigts, et les torches de la grande salle se rallumèrent aussitôt. Lorsqu'elles aperçurent Amos, Médousa et Lolya se jetèrent dans ses bras.

— Quand Béorf est arrivé à la cabane et qu'il nous a dit que tu étais ici, dit la jeune Noire, rayonnante, nous avons décidé de venir te rejoindre !

— Et nous avons apporté un pique-nique ! annonça Béorf en se frottant la bedaine.

— J'espère qu'il y en a aussi pour moi ! fit Geser qui se léchait déjà les babines.

— Il y a des cafards, des vers blancs et des papillons de nuit pour tout le monde ! gloussa Médousa.

— Eurk… J'ai déjà moins faim…, avoua le gros garçon.

— Allez, lança Lolya en sortant la nourriture d'un panier d'osier, mangeons tous ensemble ! Rassurez-vous, j'ai pensé à prendre autre chose que le menu habituel de Médousa. Voilà…. Vous savez, elle et moi avons vécu une petite aventure, avec des barbares, qui mérite d'être entendue !

— Encore une bonne histoire ! se réjouit Geser. Décidément, c'est une grande journée…

4

Les énigmes

Amos et Béorf étaient sur leur nouveau drakkar, baptisé *La Mangouste*, et étudiaient soigneusement la carte que leur avait fournie Lolya. Pour éviter et contourner les dangers des villages barbares d'esclavagistes durant son voyage vers El-Bab, dans les contrées de l'Est, le bateau devait suivre le grand fleuve Volf. Il lui faudrait ensuite traverser une mer intérieure dont seule une petite partie était représentée sur la carte. Les garçons ne savaient pas où était située la tour d'El-Bab exactement, mais les intuitions, les visions et les rêves de Lolya suggéraient constamment la voie de l'Est.

— Hé! vous devez me payer! lança tout à coup une voix désagréable qui provenait du quai, derrière eux.

– Je vous ai déjà payé hier, répondit Amos sans même se retourner.

– Et quelle preuve avez-vous de cela? relança monsieur Grumson.

– Voilà le papier que je vous ai demandé de signer en guise de preuve, rétorqua patiemment le porteur de masques en exhibant le reçu. Vous avez une semaine d'accomplie à mon service; il en reste donc trois autres à votre engagement… à moins que vous ne préféreriez nous quitter immédiatement et, bien entendu, sans vos fils?

– Non, non, c'est très bien ainsi…, abdiqua l'avare. Excepté le grenier de la taverne qui est infect et la nourriture immangeable, tout est parfait. Cependant, il y a aussi les gens de ce village qui sont de véritables bons à rien, mais ceci ne me regarde pas… Un village est souvent à l'image de son chef…

Béorf fulminait intérieurement. Grumson l'insultait directement en méprisant ainsi son peuple. Ces gens forts et courageux, honnêtes et dévoués se voyaient réduits à de simples «bons à rien»! Le gros garçon n'en croyait pas ses oreilles! Il était sur le point de sortir de ses gonds quand Amos le calma un peu en lui donnant une tape amicale dans le dos. De mauvaise humeur, Béorf ronchonna:

– Pourquoi ne le congédierait-on pas? Ce

bonhomme me tape vraiment sur les nerfs!

– À moi aussi, lui avoua son ami, mais je sens qu'il a un rôle à jouer dans notre histoire. Je deviens comme Lolya... j'ai des pressentiments!

– Pardon? Que dites-vous? brama le père Grumson. Vous parlez de moi?

– Non, répondit Amos en se penchant sur la carte. Nous discutons du voyage que nous allons entreprendre. Cette carte est difficile à lire et quelques-uns des dessins barbares sont de vraies énigmes...

– Vous aimez les énigmes? demanda Grumson en montant sur le drakkar. Eh bien, j'en ai une pour vous!

– Désolé, marmonna Béorf, nous n'avons pas le temps.

– Allons, allons! s'exclama le grippe-sou. On a toujours le temps pour s'amuser un peu... Je vous parie mon salaire d'une semaine que vous ne trouverez pas la réponse... Ça vous tente?

Béorf lança à Amos un regard complice. Il savait que son ami était imbattable à ce genre de jeu, et la perspective de voir le vieux Grumson dépossédé de son argent lui plaisait énormément.

– C'est bien vrai qu'on devrait se distraire un peu! reprit le gros garçon qui, du coup, avait retrouvé sa bonne humeur. Accordons-nous une pause. Moi, je parie le double de votre salaire hebdomadaire! Si Amos ne résout pas votre énigme, je vous donne douze pièces d'or. Par contre, s'il gagne, vous allez nous remettre votre rétribution de la semaine passée et, comme vos fils, vous travaillerez gratuitement pendant les trois prochaines semaines! C'est entendu?

Ébranlé par la proposition, monsieur Grumson recula d'un pas. L'homme risquait de perdre de l'argent, mais il pouvait aussi en gagner beaucoup. Il décida donc de relancer la mise.

— Écoutez, dit-il, si je perds, je travaille pour vous, avec mes fils, tout à fait gratuitement pour les DOUZE prochaines semaines. Mais si je gagne, ce drakkar m'appartiendra!

L'enjeu était très élevé. Béorf, perplexe, regarda Amos avec anxiété. Le porteur de masques haussa nonchalamment les épaules, l'air de dire: «Si Grumson veut travailler gratuitement, c'est son affaire!»

Rassuré, Béorf accepta la proposition de Grumson:

— D'accord, douze semaines de travail si vous perdez et ce drakkar sera vôtre si vous gagnez! Je vais écrire les conditions de notre marché sur ce papier pour rendre le pari légal.

Lorsque tout fut mis noir sur blanc, Grumson et le jeune chef signèrent l'entente.

— Alors, voici mon énigme, commença l'avare en s'éclaircissant la voix. Supposons que je suis pêcheur et que je prends, avec mon équipage, un immense cachalot. Je veux connaître le poids exact de l'animal, mais je ne dispose que d'une balance servant à peser les pierres. Avec ce seul moyen comment puis-je m'y prendre? Ah oui! Je ne peux découper la bête en tranches, puisque je veux son poids en un seul morceau!

— Deux questions…, fit Amos, songeur. Dans votre énigme, vous avez un bateau?

— Mais oui, évidemment… je suis pêcheur de baleines!

— Votre balance, peut-elle peser d'assez grosses roches?

— Oui…, gloussa Grumson. Ne te fatigue pas, de toute façon, j'ai gagné! La solution de cette énigme reste introuvable. Je la connais depuis ma tendre enfance et jamais personne ne l'a résolue. Me voilà donc propriétaire de ce magnifique drakkar maintenant…

— Je ne pense pas, objecta Amos. La réponse est assez simple en vérité…

— Alors, explique-moi donc, petit génie! lança le vieil homme, moqueur. Je suppose que tu vas réussir là où tout le monde a échoué?

– Il suffit d'embarquer le cachalot sur le pont du bateau et de marquer d'un trait le niveau de l'eau sur la coque. On retire ensuite l'animal et on charge le bateau de pierres afin qu'il s'immerge jusqu'au trait. Il ne reste plus alors qu'à retirer les pierres, à les peser une à une et à additionner chacune leur poids pour finalement déterminer précisément le poids total de votre cachalot.

Grumson ne bougeait plus. Pour la première fois de sa vie, il venait de perdre un pari avec son énigme insoluble. Il était sidéré! L'avare restait figé, assommé qu'il était par la réponse d'Amos.

– Alors…, dit Béorf en rompant le silence, ce sera un grand plaisir pour nous de vous avoir gratuitement, vous et vos fils, en tant que marins sur MON drakkar pour les douze prochaines semaines. Si vous le permettez, je vous reprends les six pièces d'or que vous avez gagnées la semaine passée et je vous souhaite une excellente journée!

– Mais… mais… je ne com… c'est imposs…, balbutia l'avare.

– Si vous voulez bien nous excuser maintenant, nous avons du pain sur la planche. Ce fut une très agréable pause… Revenez nous voir! Non, plutôt, préparez-vous, nous pensons pouvoir partir dans deux jours!

Monsieur Grumson rendit son salaire à Béorf et quitta le bateau comme un somnambule. Il parlait tout bas, répétant sans cesse :

— Non, ce n'est pas… Je ne comprends pas… Pourtant… Non, ce n'est pas… Je ne comprends pas… Pourtant…

— Je pense, Amos, que tu viens à l'instant de lui faire perdre la tête ! lança Béorf, amusé.

— Ce n'est pas moi qui ai eu l'idée de ce pari ! J'espère qu'il s'en remettra…

À ce moment, Lolya arriva sur le quai. Elle y croisa le père Grumson sans vraiment le remarquer, puis elle bondit sur le drakkar.

— Regardez ce que j'ai trouvé…, annonça-t-elle en déposant devant les garçons le livre de comptes des esclavagistes. Ici, il y a une inscription en langue barbare. Cela m'a tout l'air d'une langue ancienne, certainement un dialecte propre aux contrées de l'Est.

— Je me demande ce que ces mots peuvent bien vouloir dire ? s'interrogea Amos.

— Tu pourrais mettre tes oreilles de cristal, lui suggéra la jeune Noire.

Amos et Béorf avaient reçu ce précieux cadeau de Gwenfadrille, la reine du bois de Tarkasis. Ces oreilles de cristal permettaient de comprendre et de parler toutes les langues. Malheureusement, elles n'étaient d'aucune utilité pour déchiffrer un texte. Amos en fit part à Lolya qui ne se laissa pas démonter pour si peu.

— Alors, il va falloir s'y mettre à trois! Médousa connaît quelques dialectes; moi, je parle cinq langues; et, toi, Amos, tu sauras certainement faire les liens entre tout cela.

— Et moi? demanda Béorf. Moi, je sais grogner!

— Bien sûr que tu nous seras utile, Béorf, répliqua Lolya en souriant. Nous aurons besoin de toi pour préparer le repas pendant que nous analyserons ces inscriptions.

— Eh bien, voilà! clama le gros garçon. Je savais bien que je pouvais être utile!

— Bon, allons tout de suite à la cabane de Sartigan, proposa Amos. En plus, je commence à avoir faim…

Amos, Médousa et Lolya travaillèrent jusque tard dans la nuit. Béorf, quant à lui, s'endormit bien vite après le repas. La gorgone, originaire des contrées de l'Est, avait déjà entendu des histoires sur les Sumériens. Elle raconta que, selon leurs croyances, la création du monde avait eu lieu lorsque la mer avait explosé vers le ciel pour enfanter la grande montagne céleste et donner naissance aux quatre premières divinités qui étaient le Feu, la Terre, l'Air et l'Eau. Les dieux cosmiques avaient engendré d'autres dieux qui, à la longue, avaient eux-mêmes produit de quoi peupler tout l'univers. Aux côtés des quatre principaux dieux, d'autres divinités inférieures s'étaient partagé le gouvernement du Soleil, de la Lune et des planètes. Les forces naturelles telles que le vent, la pluie et le tonnerre avaient aussi été attribuées à de petites déités, tout comme la gestion des rivières, l'entretien des montagnes, le brossage des herbes de la plaine et la création des villes. Quant aux humains, ils avaient poussé à la surface de la Terre, comme de l'herbe, afin de soulager les divinités mineures de leurs corvées agricoles. Les Sumériens avaient un dieu pour tout! Chaque détail de la vie était géré par une divinité. Il y avait une déesse pour chaque ferme, pour chaque digue et chaque ruisseau, ainsi qu'un dieu responsable des pioches, des charrues et des moules à briques.

– C'est sans doute pour cela qu'ils érigent une tour, conclut Lolya après avoir écouté le récit de Médousa. Il se prépare sans doute une grande révolution cosmique chez eux, et cette construction leur servira à honorer la force d'un seul dieu. Cette tour attirera tellement de croyants que la puissance de la divinité sera multipliée par mille. Ainsi, ce dieu pourra éliminer un à un ses subalternes et devenir l'unique être divin des Sumériens.

– Quelle révolution! s'exclama Amos. Si ce que tu dis est vrai, des centaines de dieux disparaîtront et l'équilibre du monde risque de basculer!

– Ce sera un véritable carnage cosmique, renchérit la jeune Noire. Sans dieux pour les contrôler, les rivières peuvent s'assécher ou déborder et l'air peut devenir irrespirable… Ce sera le chaos complet dans toute cette partie du monde!

– Et tu crois qu'un tel bouleversement pourrait nous affecter jusqu'ici? s'inquiéta Médousa.

– Sans nul doute! confirma Lolya.

Après quelques secondes de silence, elle ajouta:

– D'ailleurs, je crois que les choses n'arrivent jamais pour rien, Amos. Si ta mère a été enlevée et vendue comme esclave aux Sumériens, c'est parce que tu dois te rendre là-bas. Sa capture est le moyen d'attirer ton attention sur ce qui se trame dans ces lointaines contrées… Cette tour doit tomber!

– Mais… mais…, balbutia le porteur de masques, je n'ai pas assez de puissance pour faire tomber une tour! Ni pour combattre une armée de Sumériens en colère! Tout ce que je veux, c'est sauver ma mère, retrouver Sartigan et rentrer au plus vite…

– Où en êtes-vous avec le livre des barbares? demanda Béorf en bâillant.

Le gros garçon venait de se réveiller. Le corps ankylosé et les yeux mi-clos, il s'assit près de Médousa.

– Et alors? Qu'est-ce qui se passe ici? Vous avez tous des têtes d'enterrement.

– Rien, laissa tomber Amos, songeur. Nous parlions des Sumériens…

– Bien, s'impatienta Béorf. Mais de quoi s'agit-il dans le livre des barbares? Je veux savoir si vous avez réussi à traduire le texte!

– Oui, eh bien, voilà ce que nous pensons être une assez bonne version, affirma Amos: «Tu dois chevaucher et ne pas chevaucher, m'apporter un cadeau et ne pas l'apporter. Nous tous, petits et grands, nous sortirons pour t'accueillir, et il te faudra amener les gens à te recevoir et pourtant à ne pas te recevoir.» Et c'est signé «Enmerkar».

– Et qui est cet Enmerkar? demanda Béorf.

– Aucune idée, se contenta de répondre Lolya.

– Mais comment peut-on apporter un cadeau et ne pas l'apporter? Chevaucher, mais ne pas chevaucher? fit le béorite, déconcerté. Ces phrases n'ont pas de sens!

– Je sais bien, mais pour l'instant, conclut Amos, c'est tout ce que nous avons…

5

Le delta du Volf

La Mangouste était prête à partir. Les quintuplés Grumson avaient chargé le matériel de voyage, testé la solidité des rames, vérifié la voile dans ses moindres coutures, astiqué le pont et brossé la figure de proue. Pendant tout ce temps, leur père avait fait la sieste à la taverne d'Upsgran, joué aux cartes avec quelques clients et avalé d'énormes assiettes de saumon fumé et de saucisses à la bière.

La nuit précédant le départ, Amos prit soin de cacher Médousa sous une bâche dans le drakkar. Il ne voulait pas que la famille Grumson ne l'aperçoive avant de se trouver à bonne distance de la terre ferme. À cause de son apparence plus que bizarre, la gorgone aurait pu semer la panique chez les quintuplés et provoquer leur fuite.

Le jeune porteur de masques se rendit ensuite à l'ancienne forteresse dire au revoir à Maelström et à Geser, puis il retourna dormir au village.

Amos passa une angoissante nuit remplie de cauchemars. Des images de sa mère, torturée et blessée, l'assaillirent sans relâche. Dans ses rêves, les Sumériens dansaient sur des rythmes endiablés en piétinant les crânes de leurs esclaves. Ils s'amusaient aussi à leur trancher les doigts un à un et à brûler leurs plaies vives au fer rouge. Frilla, sa mère, avait été marquée comme du bétail et recevait des coups de fouet. Elle hurlait de douleur et de rage sous les rires sadiques de ses bourreaux. Puis, au petit matin, la vision d'une colombe à cinq têtes succéda aux cauchemars. L'oiseau blanc vint se poser sur l'épaule d'Amos et lui parla:

— La peur ne sert à rien; elle est une entrave à la mission que Crivannia t'a confiée. Je serai présent et j'accompagnerai tes pensées ainsi que chacune de tes actions. Ton amie Lolya est sage et tu dois l'écouter. Aussi, ne perds pas de vue que ta mission première n'est pas de libérer ta mère, mais de faire tomber la tour d'El-Bab. Ne te tracasse pas, tu sauveras aussi Frilla! Maintenant, écoute-moi attentivement.

De nombreux périls te guettent sur la route des contrées de l'Est; ta vie, tout comme celle de tes amis, sera souvent menacée. Lorsque tu navigueras avec ton équipage sur le delta du fleuve Volf, trois vagues extraordinaires déferleront sur votre passage: une vague de lait, une vague de larmes et une vague de sang. Tu franchiras les deux premières sans trop de difficulté. Pour éviter que la troisième ne soit votre tombeau, il te faudra la harponner en son centre. C'est là que se trouve le cœur de la reine des meuves. Finalement, rappelle-toi ceci: accepte l'aide qui te sera proposée…

La vision s'évanouit et Amos s'éveilla en sursaut. Sans perdre un instant, il se leva, tressa ses cheveux et enfila son armure de cuir. Puis il s'arrêta un moment et tâta délicatement sa boucle d'oreille représentant une tête de loup. Submergé par les souvenirs, il revit son père Urban lui offrir ce cadeau. Tout cela lui semblait déjà si loin…

Après avoir retrouvé ses esprits, Amos secoua son meilleur ami pour le réveiller.

— Béorf, sais-tu ce qu'est une meuve?

— Quoi? Je… Une quoi? Une pieuvre? demanda le garçon dans un demi-sommeil.

— Non, une meuve! répéta Amos. Ah! et puis, ça ne fait rien, laisse tomber. De toute façon, tu dois te lever, il est temps de partir. Et il y a Médousa qui doit trouver le temps bien long, cachée dans le bateau.

Alors que les garçons étaient affairés à rassembler les derniers effets pour le voyage, on frappa à la porte. Sans même attendre qu'on lui ouvre, Lolya entra.

– Mais que faites-vous? Tout le village vous attend sur le quai pour vous dire au revoir! Les frères Grumson sont déjà à bord et leur père trépigne d'impatience. Allez! pressez-vous un peu!

– Oui, oui! nous arrivons! lui dit Amos. Mais je dois d'abord vérifier quelque chose.

Le porteur de masques sortit de son sac le livre *Al-Qatrum, les territoires de l'ombre* pour le consulter et trouva réponse à sa question. Les meuves étaient des esprits aquatiques dont le seul plaisir consistait à noyer d'innocents marins. Elles vivaient généralement en colonies dans les deltas des rivières. De la lignée des harpies, ces femmes gluantes à la peau verte, aux cheveux longs et aux dents pointues saignaient leurs victimes au fond de l'eau et se délectaient de leur foie.

Satisfait de ces renseignements, Amos remit le livre à sa place et alla décrocher du mur un vieux harpon ayant appartenu à feu Banry Bromanson, l'oncle de Béorf. Enfin, il confirma à ses deux amis qu'il était prêt à partir.

— Et crois-moi, Lolya, ajouta-t-il, je pense que tu ne regretteras pas notre petit retard!

***

Depuis deux jours, *La Mangouste* filait bon train sur les eaux calmes du fleuve. Quelques heures après leur départ d'Upsgran, Amos avait fait sortir Médousa de sa cachette et l'avait présentée aux Grumson. Les quintuplés avaient paru surpris, mais n'avaient émis aucun commentaire. Leur père, par contre, s'était lancé dans une tirade sans fin aux accents d'apocalypse. Naviguer avec une telle créature à bord était, selon lui, un affront direct aux dieux. Déjà que la présence d'une fille telle que Lolya attirerait inévitablement le malheur sur eux! Il avait réclamé que la gorgone soit jetée immédiatement à la mer. Il avait perdu son pari et avait accepté de travailler gratuitement, d'accord! Mais maintenant, avec cette créature à bord, une prime de risque d'une pièce d'or par jour s'imposait! Amos et Béorf avaient eu beau discuter avec lui, l'homme était demeuré intraitable. Les garçons avaient donc cédé à ses lamentations et lui avaient accordé la somme qu'il exigeait. Cela semblait, en vérité, l'unique solution pour le faire taire…

– Delta du fleuve Volf droit devant! annonça soudain Béorf à l'équipage. Il nous faudra plus de vitesse pour remonter le courant! Tout le monde aux rames! Mais… mais qu'est-ce que je vois là-bas?

Une immense vague coiffée d'un bouillonnement d'écume fonçait sur *La Mangouste* à vive allure. La lame, blanche comme la neige, était aussi grosse qu'une montagne et tourbillonnait sur elle-même en grondant férocement.

– FERMEZ L'ÉCOUTILLE ET ATTACHEZ-VOUS AU DRAKKAR!!! hurla Amos. NOUS ALLONS PASSER À TRAVERS CETTE VAGUE ET ELLE NE DOIT PRENDRE AUCUN D'ENTRE NOUS!

– Mais c'est quoi, ce machin? demanda Béorf, affolé.

– PRENDS-LA DE FRONT! lui ordonna son ami. Je t'expliquerai plus tard!…

La Mangouste, grand-voile dans le vent, piqua droit vers la menace. La proue disparut dans un nuage d'écume, et la vague frappa violemment le navire avant de se briser sur le pont. Heureusement, le drakkar et son équipage résistèrent à la secousse. La vague avait été vaincue…

– Il y aura deux autres vagues, dit Amos à Béorf. La prochaine sera une vague de larmes et nous la passerons de la même façon. Lorsque la troisième se présentera, j'irai à la proue avec le harpon. Tu dirigeras le bateau vers le cœur de la vague et je me chargerai d'elle…

— D'accord! répondit le béorite, confiant. Mon ami Amos ne m'a jamais déçu et ce n'est pas aujourd'hui qu'il… Mais peux-tu me dire ce qu'est une vague de larmes?

— Une vague de larmes? C'est… c'est ça! s'exclama soudainement le porteur de masques en pointant un doigt vers le large.

Une montagne d'eau s'élevait derrière le drakkar. L'air devint acide et les membres de l'équipage commencèrent à larmoyer. Tous se frottaient les yeux, sauf Médousa qui portait ses lurinettes.

«Voilà donc comment les meuves procèdent, pensa Amos. Elles nous ébranlent avec une première vague, nous aveuglent avec une seconde et tenteront de nous couler avec la troisième.»

En s'essuyant les yeux, le garçon alla retrouver Médousa.

— Tu me prêtes tes lurinettes? Je n'arrive pas à voir correctement et… je dois lancer mon harpon en plein centre de la prochaine vague parce que…

— Tiens, prends-les! l'interrompit la gorgone en lui tendant l'objet magique. Tout ce que tu voudras, mais SORS-NOUS DE LÀ!

L'onde forma un gigantesque mur d'eau qui se fracassa sur le drakkar dans un horrible bruit de tonnerre. *La Mangouste* absorba de nouveau le choc dans un concert de grincements inquiétants qui s'éleva de la coque. Lolya, qui s'était attachée au bastingage, perdit le souffle lorsque son lien entailla sa robe et lui lacéra la poitrine. C'est alors que le père Grumson éclata:

– C'EST LA MALÉDICTION DES DIEUX! POUR LES APPAISER, NOUS DEVONS JETER LA FILLE ET LA GORGONE À LA MER! JE VOUS AVAIS AVERTIS… IL FAUT LES SACRIFIER OU NOUS MOURRONS TOUS! ALLEZ-Y, MES FILS! EXÉCUTION!

Les quintuplés ignorèrent l'ordre de leur père et décidèrent de s'accrocher encore plus solidement au bateau. Même s'ils avaient voulu obéir, ils n'auraient pas pu. L'air acidifié irritait intensément leurs yeux et les rendait presque aveugles.

Sans plus tarder, Amos s'élança vers la proue du navire et scruta l'horizon.

– JE NE VOIS PLUS RIEN, AMOS!… QUE SE PASSE-T-IL? cria Béorf, toujours à la barre.

– ATTENTION! LA VAGUE DE SANG SE LÈVE À BÂBORD! hurla le porteur de masques pour toute réponse.

La mer était rouge et Amos devinait que, sous l'eau, les meuves attendaient leur repas. Grâce aux lurinettes de Médousa, il était le seul à distinguer les mouvements lancinants des corps immergés qui s'approchaient du drakkar. La vague, de plus en plus grosse, avançait dangereusement vers eux. C'est alors qu'une chose inattendue se produisit. Magnus Grumson s'aspergea les yeux avec de l'eau de mer et, du coup, recouvra la vue. Puis le grand gaillard se leva, se dirigea vers Amos et lui murmura à l'oreille :

— Laisse-moi porter ton harpon jusque dans le cœur de la reine des meuves. Il est temps pour moi de retrouver ma liberté et je profiterais de l'occasion… Je t'en prie, accorde-moi ce privilège, jeune Amos.

La colombe de sa vision lui ayant conseillé d'accepter toute aide, Amos lui tendit l'arme sans poser de questions. Il vit alors des branchies apparaître dans le cou de Magnus et sa peau se couvrir d'écailles dorées. Ses mains et ses pieds se palmèrent tandis qu'il continuait de parler :

— Ne crains plus cette vague, j'en fais mon affaire… Merci de m'avoir libéré, Amos ! Que la puissance de l'eau t'accompagne tout au long de ta quête et ne parle de ceci à personne.

Alors que la lame menaçait davantage le drakkar, Magnus se jeta à l'eau et fonça comme une torpille dans le cœur de la vague. Une explosion sourde se fit entendre et des milliers de litres d'eau rejaillirent sur le navire en aspergeant l'équipage de fines gouttelettes de sang. Puis un gigantesque tourbillon se forma à environ une centaine de brasses du navire et avala dans son vortex les meuves du delta. Après quoi, en moins d'une minute, la mer redevint calme, d'un bleu profond, et un bon vent gonflait de nouveau la voile. Les membres de l'équipage retrouvèrent la vue et Amos rendit ses lurinettes à Médousa.

– Mais… mais que s'est-il passé? demanda Béorf, encore un peu sonné. Le drakkar est couvert de sang…

– MAGNUS! hurla tout à coup le vieux Grumson. OÙ EST MAGNUS?!

Markus, Morkus, Mikus et Mékus sourirent en constatant que leur frère Magnus avait bel et bien disparu.

– J'AI DEMANDÉ QU'ON ME DISE OÙ EST MAGNUS?! répéta Grumson, en furie.

– Euh…, hésita Amos, je crois que la deuxième vague l'a emporté… Je suis désolé, je n'ai pas pu le retenir…

– POUR CELA, IL FAUDRA ME DÉDOMMAGER! VOUS AVEZ ENTENDU? ÇA VOUS COÛTERA CHER… OH, OUI! TRÈS CHER!

68

– Mais quel genre d'homme êtes-vous donc? lança Lolya en s'avançant vers lui. Votre fils est probablement mort et vous parlez d'argent! N'avez-vous donc pas de cœur? Et ensuite, on ne s'adresse pas ainsi à mon ami Amos Daragon! Excusez-vous immédiatement pour votre grossièreté ou je jure d'emprisonner votre âme dans un poisson pour l'éternité!

Grumson eut un mouvement de recul et toisa les deux filles. Puis il se mit à ricaner et dit à Amos:

– Veuillez me pardonner, jeune homme! La douleur causée par la disparition d'un de mes fils m'a fait perdre la tête… Je veillerai, tout au long de mon service à bord, à modérer mes humeurs afin qu'elles s'harmonisent avec les volontés de votre amie la… la négresse!

– Répète cela encore une fois et je t'arrache le cœur, malpropre! menaça Lolya en avançant vers Grumson.

Béorf, excédé, intervint:

– Vous deux, c'est TERMINÉ! Vous finirez cette discussion lorsque nous serons à terre! Regagnez vos places maintenant… Nous devons entrer dans le Volf à contre-courant et j'ai besoin de tout le monde aux rames et d'Amos à la magie! Exécution!

Le vieil homme et Lolya se défièrent du regard, mais ils exécutèrent les ordres de Béorf.

Quant à Amos, il se concentra et leva la main. Une forte bourrasque s'engouffra dans la voile, permettant à *La Mangouste* d'entrer dans le fleuve à vive allure. De son autre main, le porteur de masques pointa l'eau devant le drakkar. Avec ses pouvoirs, il réduisit la force du courant défavorable et épargna ainsi bien des efforts à l'équipage.

Médousa, qui ramait tout près de Lolya, lui chuchota:

– Tu trouves normal que les frères de Magnus aient souri à l'annonce de sa disparition?

– Non, en effet, répondit la jeune Noire. Il y a quelque chose qui ne tourne pas rond…

– As-tu remarqué que les fils Grumson sont grands, forts et beaux tandis que leur père est petit, paresseux et laid?

– De deux choses l'une! réfléchit Lolya. Soit qu'ils ont hérité seulement du physique de leur mère, soit que cette famille n'est pas ce qu'elle prétend être… Ouvre l'œil, Médousa… Et le bon!

6

Volfstan

La Mangouste vogua un petit moment sur le fleuve Volf avant que Béorf ne repère une jolie baie et décide d'y jeter l'ancre. L'équipage avait besoin de se remettre de ses émotions. Les jérémiades du vieux Grumson, le combat contre les meuves et la perte de Magnus avaient mis à vif les nerfs de tout le monde. Une halte s'imposait pour que chacun puisse descendre du bateau et reprendre contact avec la terre ferme. Après deux nuits en mer, il était temps d'établir un campement.

— Nous allons dormir sur la rive! annonça Béorf en bon capitaine. Une bonne nuit de sommeil nous fera le plus grand bien et nous profiterons de notre escale pour nettoyer le drakkar!

– Je m'en charge ! proposa Amos avec enthousiasme. Je le ferai reluire comme un sou neuf !

– À la bonne heure ! s'exclama le gros garçon. Il ne faudrait pas que tout ce sang caille ; l'odeur serait insupportable.

Comme *La Mangouste* s'immobilisait non loin de la rive, une délégation de dix personnes avec, à sa tête, une grosse femme courte et solide sortit de la forêt.

– Qui êtes-vous et que voulez-vous ? hurla-t-elle en ajustant son épaisse cotte de mailles.

– Nous venons d'Upsgran et désirons nous installer sur ces terres pour la nuit ! lui répondit cordialement Béorf.

– Upsgran ? s'étonna la grosse femme. Ne me dites pas que vous avez réussi à traverser le nid de meuves dans le delta du fleuve ?!

– Mieux que ça ! jubila Amos qui était monté sur le bastingage afin de mieux se faire entendre. Nous avons même tué leur reine ! Il n'y a plus de menace pour personne, le delta est libéré !

– Si ce que vous me dites est vrai, vous serez accueillis sur mes terres en héros ! s'écria la femme qui, aussitôt, ordonna à ses hommes d'aller vérifier par eux-mêmes la véracité de cette nouvelle. BON, VOUS DEUX ! DESCENDEZ DONC DE VOTRE BATEAU, NOUS PARLERONS ICI !

À l'aide d'une échelle de corde, Amos et Béorf débarquèrent du bateau. Ils avaient de l'eau jusqu'à la taille et atteignirent facilement la berge.

– Je vous préviens, leur dit la guerrière, méfiante, une bonne trentaine d'archers sont cachés à l'orée de la forêt et tous pointent leurs flèches vers vous. Un seul faux mouvement de votre part et vos cadavres ressembleront à des porcs-épics!

– Soyez sans crainte, madame, nous ne voulons que prendre un peu de répit sur la terre ferme, lui assura Béorf en jetant des coups d'œil furtifs vers la forêt.

– Vous saurez qu'il faut savoir prendre ses précautions dans la vie, jeunes hommes! souligna la femme en dévisageant les garçons. C'est vrai que vous n'avez pas l'air bien méchant! ajouta-t-elle, plus confiante. Je me présente: Nérée Goule, chef du village de Volfstan qui se trouve juste derrière les arbres, là-bas.

– C'est un plaisir de vous rencontrer, madame. Je me nomme Béorf Bromanson et voici mon ami: Amos Daragon. Je suis le nouveau chef d'Upsgran et...

– Quoique tu sois un peu jeune, l'interrompit Nérée Goule, il est bien possible que tu sois un chef, puisque tu es un Bromanson...

Upsgran a toujours été et sera toujours dirigé par la famille Bromanson… Et qu'est-il donc arrivé à votre ancien chef, Banry?

– Mon oncle a disparu en mer…, répondit gravement Béorf, un peu étonné que cette femme connaisse Banry.

– Dommage, déclara froidement Nérée. Je l'ai rencontré deux ou trois fois et c'était un homme bien.

De longues minutes d'attente s'écoulèrent dans le silence. Nérée, de plus en plus impatiente, guettait au loin le retour de ses hommes avec la confirmation que les meuves avaient bel et bien été anéanties. Elle faisait les cent pas en poussant de longs soupirs d'exaspération. N'y tenant plus, Amos finit par s'approcher d'elle et lui demanda:

– Mais que se passe-t-il? Nous ne pouvons pas camper ici?

– Non, c'est trop dangereux, mon garçon! Cette contrée grouille de créatures terribles et de sauvages barbares. Il est de mon devoir de vous protéger… et… bon… laisse-moi t'expliquer. Mon village occupe une position stratégique à l'embouchure du fleuve Volf et sert de poste de garde. Ici, tu n'es plus dans le royaume du roi Harald aux Dents bleues, mais bien dans celui du roi Ourm le Serpent rouge.

Comme tu le sais sans doute, les deux monarques sont des alliés vikings, sauf que, depuis la guerre de Ramusberget, rien ne va plus ici! Durant cette guerre, j'ai gagné une grande bataille navale contre les merriens, juste là-bas, dans le delta. Nous en avons massacré des milliers! Cependant, leurs cadavres ont attiré les meuves, et ces créatures coulent maintenant tous les bateaux de ravitaillement qui s'approchent de la côte. Elles nous empêchent aussi de pêcher, si bien que lorsque la chasse est mauvaise, mon village se meurt de faim. En plus, les barbares de l'Est nous attaquent continuellement, ils détruisent nos récoltes et s'emparent des habitants de Volfstan pour les vendre, je ne sais où, comme esclaves. Je dois tenir cette position, coûte que coûte, car Ourm le Serpent rouge a décidé d'étendre son royaume par-delà le Volf... et... et s'il est vrai que vous avez détruit le nid de meuves, il sera facile de ravitailler mon armée et nous pourrons mieux nous défendre!

– ELLES SONT MORTES! hurla soudainement la voix lointaine de l'un des hommes de Nérée. LES MEUVES SONT MORTES!

– QUE THOR SOIT LOUÉ! s'écria Nérée en levant les bras au ciel. QU'ON ENVOIE IMMÉDIATEMENT UN MESSAGER CHEZ NOTRE ROI OURM! NOUS AVONS BESOIN

D'ARMES, DE NOURRITURE ET DE NOU-
VEAUX DRAKKARS. QU'ON ANNONCE
AUX VILLAGEOIS QU'ILS PEUVENT ENFIN
SORTIR CHALOUPES ET FILETS! CE SOIR,
NOUS MANGERONS À NOTRE FAIM!!!!

Les ordres furent rapidement exécutés et, à
bord d'une longue embarcation à voile trian-
gulaire, un messager quittait déjà le rivage en
direction de la cité royale.

Nérée invita tout l'équipage de *La Mangouste*
à la suivre au village. Grumson, ses fils et Lolya
prirent quelques affaires et allèrent rejoindre
Béorf. Quant à Amos, il prétexta un petit malaise
et remonta à bord du bateau pour tenir compagnie à Médousa. Encore une fois, vu son
apparence singulière, il était préférable que la
gorgone ne se montre pas.

— Merci de rester avec moi, Amos, lui chuchota son amie pour ne pas attirer l'attention.

— Ce n'est rien, répondit-il en souriant. Ce
soir, je laisse les responsabilités et les relations
publiques à notre capitaine!

— Béorf a le devoir de créer des liens avec
d'autres chefs de village, et c'est bien qu'il
puisse discuter avec cette Nérée.

— Et nous pourrons dormir sur nos deux
oreilles, car je sais que Lolya aura l'œil sur
Grumson et que le vieil avare se tiendra
tranquille.

***

Le village de Volfstan avait piètre allure. Situé
juste derrière une large bande de forêt, il se dres-
sait péniblement sur une colline de roc, au centre
d'une vaste prairie. De cet endroit, on apercevait
le delta du Volf et une bonne partie des terres
sauvages de l'Est, du moins par temps clair. La
plupart des maisons du village avaient été
incendiées et les fortifications, faites de troncs
d'arbres aiguisés tels des pals, faisaient pitié à
voir. Partout, on pouvait voir des taches de suie et
de sang qui témoignaient des nombreux combats
qui s'étaient déroulés en ces lieux. À côté d'une
demeure en ruine, Béorf croisa le regard triste de
deux jeunes enfants qui, sans doute, pleuraient la
mort d'un parent. Plus loin, des dizaines de
Vikings gravement blessés et à bout de forces
gisaient sur des civières de fortune. Puis une
petite fille blonde au regard angélique se jeta sur
Nérée, la serra dans ses bras et l'implora:

— À manger, s'il te plaît, Nérée… J'ai tellement faim…

— Mais oui, bien sûr…, répondit tendrement
la robuste femme en tentant de dissimuler son
émotion. Nous pourrons maintenant pêcher
dans la rivière; les meuves sont parties.
Patience, ma douce enfant. Ce soir, nous
aurons du poisson.

– Que la peste emporte ces sales marmots!
murmura Grumson. Ils ne savent que qué-
mander et empoisonner la vie d'autrui…

– Qu'ai-je entendu? demanda sèchement
Nérée en se retournant vers lui, des tisons
ardents dans les yeux.

– Ne faites pas attention à cet homme,
conseilla Lolya à la chef. C'est un être abject,
mais ses fils forment un équipage de rêve…
voilà pourquoi nous l'endurons à bord.

– Voyez, mes garçons, lança l'avare à ses quatre fils en ignorant Lolya, regardez autour de vous
et respirez la bonne odeur de mort qui habite ce
lieu. Il n'y a rien de plus beau au monde que le
spectacle de la misère et de la violence. Personne
n'oblige ces gens à se battre… non… pourtant,
ils se détruisent eux-mêmes! Et pourquoi donc?
Pour le pouvoir et l'argent! Conquérir des terres,
agrandir des royaumes, dominer l'autre, tuer son
voisin, voilà ce qui me plaît dans l'humanité…
Les humains surpassent de loin les démons!

– Taisez-vous, Grumson, c'est un ordre!
grommela Béorf. Ce n'est ni le lieu ni le
moment de faire étalage de vos bassesses!

– Oh! je suis désolé pour mes remarques,
capitaine! persifla le vieil homme en exécutant
une profonde révérence.

Tout le monde se tut et Nérée conduisit ses
invités à son quartier général, une grande

bâtisse de bois au toit calciné. Ses trois chefs de division l'attendaient anxieusement.

– Nous ne tiendrons pas contre une nouvelle attaque! lui avoua l'un d'eux en la voyant entrer.

– Je suis d'accord, approuva un autre. Il faudra des semaines pour que nos hommes se rétablissent…

– Nos guerriers sont affamés, blessés et épuisés…, renchérit le dernier. Nous devons faire évacuer les familles et céder notre territoire! C'est terminé!

– TAISEZ-VOUS, BANDE DE TROUIL-LARDS! vociféra leur chef en les menaçant du poing. Nous avons perdu des centaines d'hommes dans cette guerre d'usure! Des enfants orphelins pleurent la mort de leur famille! Nous sommes à bout de nerfs et de forces, et vous voudriez tout abandonner maintenant? Vous voulez fuir, c'est ça? Nous aurions combattu pour rien? OH NON, MESSIEURS! Nous nous sommes installés ici sous les ordres de notre roi et nous y resterons jusqu'à la mort! Je ne retournerai pas la tête basse chez Ourm le Serpent rouge en m'excusant d'avoir échoué…

– Voilà un vrai démon! marmonna Grumson à ses fils.

Nérée se retourna d'un coup et enfonça son poing dans l'estomac du vieil avare. Celui-ci tomba à genoux, le souffle coupé.

– Ferme ta gueule quand je parle à mes hommes, ordure! Considère ceci comme un premier et dernier avertissement!

– Plusieurs de vos guerriers sont effectivement très mal en point, intervint Lolya en s'avançant vers Nérée, mais je pense pouvoir les aider à se remettre sur pied. Me donnez-vous la permission de m'occuper d'eux?

– VOILÀ UNE PETITE QUI ME PLAÎT! clama la chef. Emploie les moyens que tu voudras, mais sauve-les!

Lolya quitta immédiatement la salle pour aller concocter quelques potions.

– Et nous? comment pouvons-nous vous aider? demanda Béorf avec empressement. Mon bateau est à votre disposition. Nous nous dirigions vers les contrées de l'Est, mais nous pouvons prendre le temps de…

– Vous en avez déjà beaucoup fait en éliminant les meuves, trancha Nérée en s'affalant sur une chaise. Nous avons besoin d'hommes, de nouveaux guerriers pour tenir encore un mois, le temps de nous remettre sur pied.

– Je peux aller chercher des renforts! proposa Béorf, enthousiaste.

– Non, soupira la femme, le temps que tu reviennes, nous serions déjà tous morts. D'ailleurs, j'ai déjà envoyé un messager à cet effet…

— Il n'y a donc rien d'autre à faire?

— Nous devons tenir… Nous devons tenir cette position envers et contre tous!

— Et redoutez-vous une nouvelle attaque pour bientôt?

— Malheureusement oui…, répondit l'un des chefs de division. Depuis une semaine, les barbares attaquent tous les soirs. Ils savent que nous sommes épuisés et que beaucoup d'entre nous sont blessés. Je crains qu'ils ne donnent l'assaut final dès ce soir!

— Je pense que cette prédiction est juste, reprit un autre chef de division. Les barbares ne nous causaient jamais de problèmes auparavant. Ils vivaient en tribus et se livraient de sanglantes guerres entre eux, sans jamais importuner les royaumes voisins. Seulement voilà, depuis qu'ils ont commencé le commerce des esclaves, les villages se sont regroupés, des clans rivaux se sont unis et ils représentent maintenant une force impressionnante. Les barbares possèdent de solides épées qu'ils achètent dans les grands royaumes de l'Est et vénèrent un nouveau dieu qu'ils nomment Enki. Ils sacrifient des jeunes filles pour célébrer sa puissance et se réunissent ensuite, dans d'obscures cérémonies, pour manger le foie de leurs victimes. Je jure, par Thor, que ces hommes-là sont des bêtes sauvages capables des pires infamies.

– Bien, fit Béorf en se retournant vers les fils Grumson. Vous quatre, allez réparer les fortifications du mieux que vous pourrez ! Pendant ce temps, votre père ira chercher Amos au bateau. Nous devons nous préparer pour ce soir ! Je réserve à ces barbares une surprise de taille !

– Je refuse de retourner seul au bateau ! se lamenta soudainement Grumson.

– Monsieur Grumson ! lança le chef d'Upsgran, exaspéré. En principe, vous êtes sous mon commandement, mais comme nous sommes sur les terres de Nérée, je peux vous transférer à sa charge si je le juge opportun ! Alors, que décidez-vous ?

– Je… je crois que… oui, oui… je vais au bateau tout de suite… je pars avertir Amos, bafouilla l'homme.

– Très bien ! Exécution, tous ! ordonna Béorf. Les barbares ne prendront pas cette colline ! Je le jure !

7

Le baptême du sang

Le soleil disparaissait lentement derrière l'horizon lorsqu'un cri retentit dans tout le village de Volfstan :

– ILS SONT LÀ ! LES BARBARES SONT LÀ !

Nérée, qui s'était assoupie sur sa chaise, bondit en hurlant :

– PRÉPAREZ-VOUS ! AUX ARMES ! C'EST CE SOIR OU JAMAIS !

Béorf et Lolya aperçurent au loin, dans la plaine, une armée d'au moins cinq cents barbares approcher. Le gros garçon fit mentalement le décompte des hommes et des femmes de Volfstan et s'aperçut bien vite qu'une cinquantaine de guerriers, tout au plus, seraient en mesure de livrer bataille.

– Ils ont regroupé leurs forces, dit Nérée en passant derrière les deux adolescents. Mes hommes avaient vu juste, le coup final est pour ce soir…

Soudain, de terribles cris de guerre, animés par un rythme endiablé de tambours, parvinrent aux oreilles des villageois. Quelques enfants éclatèrent en sanglots et accoururent vers les jupes de leurs mères. Avec courage et noblesse, un bon nombre de blessés se levèrent des civières, prêts à mourir dignement au champ de bataille.

– Mais pourquoi donc Amos n'est-il pas là? s'interrogea Béorf, anxieux.

– J'espère qu'il ne lui est rien arrivé, ajouta Lolya, elle aussi inquiète.

– Grumson n'est pas fiable pour deux sous! pesta le béorite qui regrettait de l'avoir envoyé chercher Amos sur le bateau. Je suis certain qu'il s'est perdu en chemin. Tant pis, nous n'avons plus le temps de les attendre! Je passe à l'action…

– Un instant! le retint Lolya. Que penses-tu faire? Te présenter seul devant cinq cents barbares?

– Exactement, répondit Béorf d'une voix décidée. Mais ce que j'espère, c'est qu'Amos arrive pour me donner un coup de main.

Le valeureux garçon saisit une hallebarde et attacha à son extrémité un morceau de tissu blanc. Il s'empara ensuite d'un grand bouclier et pria Nérée Goule de le laisser sortir du village, ce qu'elle refusa :

– Mais tu es fou, jeune Bromanson ! Te prépares-tu à livrer ce village aux barbares ou désires-tu te suicider d'une originale façon ?

– Ni l'un ni l'autre, répondit Béorf. Laissez-moi sortir du village, je vais gagner du temps avant l'arrivée d'Amos. Je lance une première attaque et puis…

– MAIS DE QUOI PARLES-TU, JEUNE INCONSCIENT ? s'écria la grosse femme, TU N'ARRIVERAS À RIEN CONTRE CES CHIENS GALEUX !

– Laissez-moi sortir et faites-moi confiance, supplia le béorite en tâtant son collier de dents de chiens.

Le bijou que Béorf portait autour du cou était un puissant objet magique. Amos et lui l'avaient trouvé au cours de leur voyage vers Ramusberget. Serti d'une centaine de dents de molosses hurlants, le collier de noyer allait enfin avoir l'occasion de libérer sa magie.

– Très bien, jeune Bromanson, consentit finalement Nérée. Je souhaite que ton plan soit bon… et disons que je te fais confiance. Après tout, tu es un béorite… un hommanimal de la race du légendaire héros Hulot Hulson, tueur de dragons !

– Merci de m'accorder votre confiance, madame, dit Béorf, reconnaissant. Vous ne le regretterez pas!

Comme le gros garçon allait sortir du village, Lolya lui souffla une fine poudre sur la figure.

– ATCHOUM! Mais que fais-tu là? Qu'est-ce que c'est?

– La protection d'un de mes dieux, répondit la jeune Noire. Il t'aidera si nécessaire!

– J'espère ne pas avoir besoin de lui…, fit le béorite en déglutissant.

Le jeune hommanimal franchit la grande porte de bois du village et se dirigea d'un bon pas vers les barbares. Tout à coup, les cris de guerre et les tambours se turent. Aussitôt, une salve de flèches vola en direction de Béorf qui eut immédiatement le réflexe de s'accroupir et de se protéger derrière son bouclier. Cette première attaque passée, le courageux garçon continua sa progression vers l'ennemi. En signe de paix, il agitait son drapeau blanc en espérant que ses adversaires comprennent qu'il voulait leur parler. Une deuxième vague de flèches s'éleva dans les airs. Une bonne vingtaine de projectiles se fichèrent dans le bouclier de Béorf, le rendant semblable à un dos de hérisson. Malgré cette nouvelle agression, il prit son courage à deux mains et continua de marcher vers la partie adverse.

Plus loin derrière Béorf, tout le village de Volfstan regardait la scène avec angoisse. Nérée, médusée par le courage du jeune chef d'Upsgran, avait demandé à ses guerriers de se tenir prêts à livrer combat dès qu'elle l'ordonnerait. Béorf leur donnait une leçon de bravoure et, maintenant, plus personne ne craignait de mourir.

– JE SUIS VENU PARLEMENTER AVEC VOUS! cria le béorite à l'armée de barbares qui s'était considérablement rapprochée.

Un homme de près de deux mètres et pesant environ cent cinquante kilos se détacha du groupe. Il avait les cheveux très longs et sales. Sa barbe, longue aussi et maculée de ce qui semblait être du sang séché, était répugnante à voir. Béorf aperçut de longues cicatrices encore rouges et galeuses qui émaillaient son corps sans armure. Puis il remarqua les dents ocre du barbare lorsque celui-ci ouvrit la bouche:

– RENDEZ-VOUS!… BIEN SÛR, NOUS VOUS FERONS PRISONNIER, MAIS VOUS AUREZ LA VIE SAUVE!

– MESSIEURS, ÉCOUTEZ-MOI. JE VOUS DEMANDE DE LAISSER CES BRAVES GENS EN PAIX ET DE RETOURNER D'OÙ VOUS VENEZ…

Avant même que Béorf n'ait eu le temps de terminer sa requête, le gigantesque barbare se jeta sur lui et lui assena un formidable crochet au menton. Le pauvre garçon vola à quelques mètres du sol et faillit se casser le cou en retombant. Encouragée par les cris de son armée, la brute le roua de coups de pied puis s'assit à califourchon sur son dos. L'écrasant de tout son poids, il saisit la tête de Béorf et la frappa une bonne dizaine de fois contre le sol. Puis, le barbare empoigna le jeune homma-nimal par les cheveux et le souleva de terre. Celui-ci saignait abondamment des oreilles et de la bouche. Malheureusement, le poing du géant frappa encore une fois la figure de Béorf et lui fractura du même coup le nez et la mâchoire.

Les cris de guerre des barbares reprirent de plus belle, et la vallée fut de nouveau envahie par la cadence infernale de leurs tambours.

Béorf gisait par terre, baignant dans son sang, trop faible pour se transformer en ours et se défendre. Cependant, alors que le barbare le rudoyait encore, le gros garçon sentit soudain une énergie fulgurante monter en lui. Entrouvrant les yeux, il aperçut les spectres de son père, de son oncle Banry et d'un vieil homme qu'il supposa être son grand-père. Les fantômes de la famille Bromanson l'en-touraient. Levant les bras au ciel, ils poussèrent une longue plainte animale. L'effet fut instantané: la rage guerrière, cette particularité des béorites, s'empara de Béorf pour la première fois de sa vie.

C'est en oubliant la peur et la souffrance, ainsi que la force et la cruauté de son adversaire, que le gros garçon se métamorphosa en monstre. Mi-homme mi-animal, son corps doubla de volume en quelques secondes. Sa cotte de mailles et son collier volèrent en éclats. Les griffes de ses pattes s'étaient dédoublées et elles formaient au bout de chacun de ses doigts un «V» meurtrier. Des dents acérées lui couvraient le palais et de terribles canines jaillissaient pêle-mêle de ses gencives atrophiées. Sa peau, maintenant couverte de poils grisâtres, avait pris la texture robuste d'un cuir épais. Les yeux exorbités, Béorf fit entendre une lamentation terrifiante dont les échos résonnèrent à des lieues à la ronde. Il allait donner une leçon d'inhumanité, de violence et de terreur à ces barbares.

Les barbares avaient reculé de quelques pas devant la laideur repoussante de l'hommanimal en rage. Derrière lui, une centaine de molosses hurlants se tenaient prêts à livrer bataille. Le collier de Béorf, en tombant par terre, avait libéré sa magie et fait surgir de nulle part ces gros chiens féroces. D'un seul coup de patte, le béorite déchira le ventre de l'adversaire qui se trouvait en face de lui. Le géant tomba à genoux, paralysé par la douleur.

– Mais que se passe-t-il donc là-bas? réussit à dire Nérée Goule, abasourdie devant cette scène inattendue.

– Préparez vos hommes à une défense, lui suggéra Lolya.

– Oui, tu as raison, convint la grosse femme. Il faut venir en aide au jeune chef d'Upsgran.

– Non, n'essayez surtout pas! Préparez même vos hommes à combattre Béorf, car si, par malheur, sa rage guerrière ne s'est pas apaisée après sa lutte contre les barbares, il la retournera contre nous...

– PARDON? QU'EST-CE QUE TU RACONTES?

– Je sais par mes guides spirituels que Béorf est le plus puissant de sa lignée. Il cumule la force de tous ses ancêtres réunis. Pour un béorite, la première rage guerrière est la pire. Elle se lève comme un ouragan dans l'âme du combattant. Dans leur culture, les béorites appellent cette première transformation «le baptême du sang».

– Oh non! Mais que dois-je faire s'il nous attaque? Le tuer?

– Vous seriez incapable d'abattre un béorite en pleine rage guerrière une fois qu'il s'est mis en appétit avec un hors-d'œuvre de cinq cents barbares. Il décidera sans doute de faire de ce village son plat de résistance, lui expliqua Lolya avec une pointe d'ironie dans la voix.

– Mais que faire? QUE FAIRE? s'écria Nérée, complètement ahurie.

– J'avais prévu le coup, dit la jeune Noire pour tenter de la rassurer. Sous un faux prétexte, j'ai soufflé sur le visage de Béorf une poudre qu'il a profondément respirée…

– ET PUIS?

– Et puis, poursuivit Lolya en lui montrant un flacon, nous n'avons plus qu'à lui faire respirer cette seconde poudre! Lorsque les deux substances entrent en contact dans l'organisme, elles réagissent et provoquent… la… la…

– LA QUOI? LA QUOI? PARLE! s'impatienta la femme, dépassée par les événements.

– La diarrhée…

– Tu… tu veux dire que… que… qu'il va… hum… partout?

– Et voilà! Personne ne peut combattre en ayant la diarrhée. Le mal de ventre deviendra insupportable et toute son attention sera détournée vers…

– Je comprends… Je comprends, fit Nérée, déjà plus calme. Je vois le tableau! Alors pourquoi dois-je préparer mes hommes?

– Parce que les poudres prennent quelques minutes à agir ! répondit Lolya. D'ici là, il faudra essayer de contenir notre ami…

– Alors, préparons-nous ! déclara la chef du village en ordonnant d'un signe de la main que ses hommes se regroupent.

Plus loin, sur le champ de bataille, Béorf et les molosses hurlants s'étaient déjà lancés sur les barbares. L'hommanimal, subjugué par sa démence meurtrière, fauchait ses ennemis comme un fermier moissonne son blé à l'automne. Aucune arme adverse n'arrivait à le blesser et les flèches heurtaient son dos sans lui causer la moindre douleur.

Cette première rage guerrière avait transformé Béorf en véritable machine de guerre. Il parait les attaques comme un maître et éliminait un à un ses ennemis avec précision. Des barbares ensanglantés, hurlant leur douleur, fuyaient à toutes jambes. D'autres, plus courageux, continuaient de foncer sur le monstre en espérant le tuer d'un coup d'épée bien placé. Rien à faire, Béorf était invincible ! Les plus téméraires se retrouvaient bien vite par terre, morts ou inconscients.

Les molosses hurlants, eux aussi, attaquaient sauvagement les barbares. Plus faciles à vaincre que Béorf lui-même, les gros chiens noirs tombaient en poussière une fois qu'ils avaient été mortellement atteints. Sans relâche, ceux qui restaient repoussèrent l'armée ennemie jusqu'à la débandade. Lorsque les barbares battirent en retraite, une vingtaine de molosses hurlants, encore bien enragés, les poursuivirent jusque dans les bois. Béorf, toujours sous l'effet de sa rage guerrière, resta seul sur le champ de bataille, prêt pour un nouvel affrontement.

Le béorite regarda partout autour de lui et, frustré de n'y trouver personne, poussa un autre cri de rage. Plus d'adversaires à combattre, plus personne à tuer, à déchirer ou à mordre! Il lui fallait pourtant encore du sang et de l'action, c'était plus fort que lui! Combattre! Combattre encore, à tout prix, contre n'importe qui et n'importe quoi! Béorf était en manque: il avait un besoin irrépressible de violence, de chair à se mettre sous la dent ou la griffe. Devant l'absence d'opposition, son sang bouillait comme de la lave en fusion et tout son corps tremblait. Il allait exploser!

C'est à ce moment que l'hommanimal se retourna et aperçut un village. Béorf avait tout oublié, même Volfstan! Sa mémoire avait été totalement anéantie par la rage guerrière. Il ne possédait plus que la conscience du présent. Le passé avait cessé d'exister et, maintenant, seuls comptaient les prochains adversaires, la prochaine bataille et les prochaines morts. Le béorite éclata d'un rire démentiel et se mit à courir à toute vitesse en direction du village.

— Je n'arrive pas à le croire! dit Nérée, encore plus sidérée. Il est venu à bout des barbares! Et ces chiens, d'où sont-ils sortis?

— Je pense que nous pourrons bientôt le demander à Béorf! répondit avec agitation Lolya. Il arrive!

— TOUT LE MONDE À SON POSTE, LE BÉORITE FOU S'EN VIENT! hurla la chef. SUIVEZ LE PLAN À LA LETTRE!

— La poudre! Prenez la poudre! cria Lolya en tendant le petit flacon à Nérée.

— Merci…, souffla la femme en retirant son armure pour bénéficier d'une plus grande agilité. Souhaite-moi bonne chance! J'en aurai besoin…

Le béorite fonçait au pas de course vers Volfstan. Il bondit par-dessus la palissade et atterrit directement dans le village. À la vue de ce monstre qu'était devenu Béorf, les habitants furent pris de panique. Une dizaine de guerriers vikings se ruèrent alors sur la bête afin de protéger les villageois. Avec de très longues lances qui leur permettaient de rester à bonne distance, ils réussirent à tenir le monstre en respect jusqu'à l'arrivée de Nérée. Tête haute et épaules bien droites, la grosse femme vociféra:

– ICI, BÊTE RÉPUGNANTE! ATTRAPE-MOI SI TU LE PEUX!

Elle avait enfilé une robe légère et chaussé une bonne paire de bottes en cuir souple. Béorf, d'abord surpris par l'allure plutôt étrange de cette nouvelle adversaire, grogna puis se rua vers elle.

Nérée avait une force insoupçonnée et inimaginable pour une personne de sa corpulence. Elle courait plus vite qu'un lièvre! Dès que le béorite se lança à sa poursuite, elle décolla comme une flèche. La bête à ses trousses et encouragée par les acclamations de ses hommes, la grosse femme dévala la rue principale de Volfstan puis disparut entre deux maisons. Elle se remémora alors sa jeunesse alors que, dans les bois, tout près de son village natal, elle s'amusait à se faire poursuivre par les ours noirs dans le but de les semer. C'était son jeu préféré, exception faite, bien sûr, des traditionnelles compétitions de course sur piste de sable contre les chevaux du chef... qu'elle remportait invariablement.

Contre Béorf, Nérée avait l'avantage du terrain. Elle connaissait tous les recoins de son village. De passage étroit en ruelle sinueuse, ses fortes jambes la portaient sans peine. Béorf, qui n'abandonnait pas, était à bout de souffle. Lorsque la grosse femme le laissait s'approcher de quelques mètres, c'était pour le narguer en lui montrant ses fesses. La fureur envahissait de nouveau le béorite qui redoublait d'ardeur dans sa course.

Ce n'est qu'après une bonne dizaine de tours du village que la chef, en sueur, mais ravie de constater qu'elle n'avait pas perdu la forme, déboucha sur la place centrale de Volfstan où un piège attendait sa proie. Interrompant sa course à la suite de sa rivale, le monstre exténué posa un genou par terre. C'est à ce moment que les Vikings le capturèrent à l'aide d'un grand filet. Nérée revint sur ses pas et passa précipitamment devant Béorf pour lui souffler la poudre de Lolya en plein visage.

– Mission… réussie…! s'exclama la robuste femme, essoufflée. Vous pouvez le… le laisser… Je suis encore… encore en pleine forme… si jamais il… il… récidivait…

Les Vikings s'éloignèrent en laissant Béorf empêtré dans les mailles du filet. Malheureusement, il était encore trop tôt pour que la poudre produise son effet. Stimulé par ce nouvel affront, le béorite se dégagea rapidement et se remit à pourchasser Nérée qui eut tôt fait de détaler.

Ce ne fut qu'après un autre tour complet de Volfstan que le monstre ressentit un mal de ventre atroce, comme si des couteaux lui taillaidaient les intestins. Il s'arrêta net. Puis, la douleur devint plus intense encore. Béorf avait du mal à respirer et sa rage guerrière, à présent moins virulente, semblait vouloir continuer à s'apaiser. C'est d'un pas lourd et en titubant que le béorite quitta le village pour prendre la direction de la forêt.

Des applaudissements retentirent tout autour de Nérée pour honorer son courage et son adresse. À grands coups de courbettes, la grosse femme comblée salua ses admirateurs et déclara, juste avant de tomber dans les pommes:

– Quand on sait courir, la fuite est toujours la meilleure des solutions! Rassurez-vous… tout va b…

Boum! Nérée tomba la face contre terre. Lolya se jeta sur elle pour lui venir en aide. Tout allait bien, effectivement: la chef ronflait, épuisée par la poursuite.

Un instant plus tard, s'inquiétant de ne pas voir Béorf revenir, la jeune nécromancienne alla trouver les frères Grumson:

– Vous quatre, venez avec moi, nous devons retrouver Béorf! Apportez des vêtements chauds, quelques couvertures et de quoi faire du feu.

Sans poser de questions, les quatre gaillards s'exécutèrent.

8

Le génie de la boucle d'oreille

« Au travail maintenant ! » se dit le porteur de masques en considérant les taches de sang qui maculaient le pont de *La Mangouste* depuis le combat avec les meuves.

Puisqu'il avait promis à son ami Béorf de tout nettoyer, Amos retroussa ses manches et se mit au boulot. Il fixa en se concentrant une flaque d'eau restée sur le pont et, grâce à ses pouvoirs, l'anima en la faisant se mouvoir comme une serpillière. Ce nettoyage « à l'eau » s'avéra très efficace. La masse aqueuse grossissait à vue d'œil, absorbant la saleté et le sang. Lorsqu'il jugea qu'elle avait pris suffisamment de volume, Amos demanda à Médousa de l'aider à la tordre par-dessus bord.

– Est-ce que tu penses parfois à ton peuple, Médousa? demanda le garçon en lui passant un bout de la serpillière liquide.

– Eh! tu maîtrises de mieux en mieux tes pouvoirs! dit la gorgone d'un ton enjoué en esquivant la question. Je n'arrive pas à comprendre comment tu arrives à faire de telles choses!

Par délicatesse, comme son amie n'avait pas répondu à la question, Amos lui sourit et n'insista pas. Puis, après un court silence, Médousa se confia:

– Bien sûr qu'il m'arrive de penser à mon peuple. Mes semblables ne me manquent pas…

– Ah bon? Et pourquoi? osa demander Amos, un peu surpris.

– Parce que les gorgones sont des créatures méprisantes qui ne connaissent pas l'amitié, la joie ou la tendresse. Elles sont égoïstes, chicanières et repoussantes.

– Mais toi, pourquoi n'es-tu pas comme elles? Même que tu es très jolie!

– Tu es gentil, répondit timidement la gorgone. Malheureusement, cela ne durera pas… À dix-neuf ans et demi, mon visage se transformera. Des défenses de sanglier pousseront dans ma bouche, et les traits de mon visage deviendront grossiers et hideux. Je serai confrontée à la malédiction de notre race.

Jusqu'à présent, seulement quelques-unes d'entre nous ont échappé au maléfice, mais comme elles n'ont jamais révélé le secret de leur bonne fortune, je me sais condamnée d'avance... et... et si tu savais, j'ai tellement peur !

– Bien sûr, je comprends...

– Parfois, je me demande même si ma résurrection a été une bonne chose, continua-t-elle. Quand le temps de ma métamorphose viendra, je sais que je perdrai votre amitié, la tienne, celle de Béorf et celle de Lolya. Je devrai retourner dans mon pays et terminer ma vie sans vous, au milieu de mes semblables.

– Je pense que tu ne saisis pas tout à fait ce qu'est une véritable amitié, ajouta Amos pour la réconforter. Nous ne te laisserons jamais tomber, Médousa.

– Merci, Amos, tu es tellement gentil ! répondit-elle, un tout petit peu rassurée. Mais j'ai la certitude que, malgré toutes vos bonnes intentions, je devrai un jour me séparer de vous...

– Dans ce cas, avant de te perdre définitivement, je profiterai de toi comme le fait Grumson avec ses fils, fit Amos afin de lui redonner le sourire. Alors par quoi commençons-nous ?... Tiens ! débarrasse-moi de toute cette saleté pendant que je ferai la sieste !

La gorgone eut un rire cristallin. Amos riait avec elle, mais il avait le cœur gros. Sachant que Médousa était une fille lucide, il devinait que ses chances d'être épargnée par le maléfice étaient effectivement minces. Peu importe! Quoi qu'il advienne, le porteur de masques serait toujours là pour elle!

Tandis qu'ils riaient ensemble, Amos fut soudain saisi d'une vive douleur dans le dos. Pris aussitôt d'un violent étourdissement, il chancela puis tomba la face contre terre. Au même instant, la serpillière magique se creva dans un éclat prodigieux d'eau et de sang qui souilla une fois de plus le pont du bateau. Affolée, la gorgone se pencha au-dessus de son ami et vit, enfoncée entre ses omoplates, une toute petite flèche, probablement empoisonnée. Soupçonnant qu'elle serait la prochaine cible, elle se lança, rapide comme l'éclair, au fond du drakkar et évita de justesse une seconde flèche qui lui était assurément destinée. Agile comme un félin, elle rampa jusqu'à la proue et se cacha derrière un baril d'eau potable, prête à bondir.

Deux barbares, couverts de tatouages et munis de grands arcs, grimpèrent à bord de *La Mangouste*.

– Ils étaient deux... j'en suis certain! affirma le premier.

– Mais non… il se parlait à lui-même! répondit son compagnon.

– Normalement, les gens ne parlent pas seuls!

– Moi, je me parle seul, parfois…

– …!?

– Même très souvent d'ailleurs, et c'est très agréable! Personne ne me contredit et je tombe toujours tout de suite d'accord avec moi sur tous les sujets.

– Euh… oui, bon… Occupons-nous de retirer la flèche. Nous sommes tranquilles, le poison l'a endormi! dit le plus malin des deux qui voulait mettre fin à la conversation.

Les deux gaillards s'approchèrent d'Amos et dégagèrent le projectile de son corps.

– Dis donc, tu deviens de plus en plus habile à la sarbacane, fit l'abruti. C'est du beau travail! Tu crois qu'on en tirera un bon prix?

– Je ne sais pas. Habituellement, les Sumériens paient peu pour les enfants.

– Pourquoi?

– Parce que, la plupart du temps, ils font des esclaves indisciplinés. En plus, ils sont vulnérables à certaines maladies qui les tuent souvent avant même qu'ils aient atteint l'âge adulte.

– Oooh! regarde, là, sa jolie boucle d'oreille! s'exclama le nigaud. C'est une tête de loup… Je vais la lui prendre… De toute façon, là où il s'en va, il n'aura pas besoin de parures!

— Prends-la. La perte de cet objet sera bien le dernier de ses soucis lorsque, demain matin, il se réveillera dans une cage…

Dès que le barbare posa les doigts sur le bijou d'Amos, Médousa sortit de sa cachette avec fracas. Elle bondit sur la proue du navire, les ailes déployées et ses cheveux-serpents bien visibles, en criant de façon très théâtrale:

— Je me présente: je suis le génie de la boucle d'oreille! Répondez correctement à mes questions et vous serez largement récompensés!

Les deux guerriers, éberlués, reculèrent d'un pas puis échangèrent un regard incrédule. Le benêt empoigna nerveusement le grand couteau qui était accroché à sa ceinture et s'avança vers la curieuse créature.

— Êtes-vous réellement un génie? lui demanda-t-il.

— Puisque je vous le dis! affirma Médousa en s'efforçant de prendre un air assuré. Voyez mes ailes et ma chevelure particulière!

— Les génies n'ont pas d'ailes ni de serpents sur la tête, décréta l'autre barbare, resté derrière.

— Ah bon? fit la gorgone, faussement offusquée, parce que vous avez déjà vu un génie, vous?

— Euh… non… Attendez…, hésita-t-il. Eh bien, à vrai dire, non.

— Alors, poursuivit Médousa avec aplomb, vous direz à tous vos amis que les génies ont des ailes dans le dos, des serpents sur la tête, une peau verte et qu'ils disparaissent sans même accorder de vœux si l'on doute d'eux! Est-ce clair?

— Très clair, fit le barbare en baissant la tête, rouge de honte.

— MOI, JE NE DOUTE PAS! JE NE DOUTE PAS! ACCORDEZ-MOI DES VŒUX! DES VŒUX! cria le bêta, tout excité à l'idée de voir ses rêves se réaliser.

— Eh bien, voilà une bonne attitude! se réjouit la gorgone avec une certaine fierté. Voici comment nous procéderons: je pose une question et si vous avez la bonne réponse, je vous accorde un vœu!

— Je suis prêt! Oh oui, je suis prêt! lança le lourdaud qui n'en finissait plus de s'emballer.

— Alors, voici ma première question… Quel chemin doit-on emprunter pour se rendre dans le pays des Sumériens?

— Rien de plus simple! s'exclama le barbare, trop heureux de connaître la réponse. Il faut descendre le Volf, traverser les Salines et, arrivé à la mer Sombre, naviguer vers le sud jusqu'à la porte de Sumer qui est située à l'embouchure d'un autre fleuve appelé Euphrate! C'est là que commencent les contrées des Sumériens!

– BONNE RÉPONSE! hurla le faux génie qui avait du mal à contenir son enthousiasme. Vous avez un vœu en réserve… Maintenant, deuxième question: Quelle est la façon de procéder pour vendre des esclaves aux Sumériens?

– FACILE! clama l'abruti sur un ton triomphant. Les transactions ont lieu à la jonction du Volf et de la mer Sombre. Il y a là des cages pleines d'esclaves qui proviennent de partout dans le monde. C'est un immense marché dirigé par les Sumériens eux-mêmes! Il y a aussi des spectacles, des œuvres d'art, de la nourriture, du vin, de la bière, plusieurs…

– D'accord! ÇA VA! l'interrompit Médousa qui en avait assez entendu. Bonne réponse et un deuxième vœu en banque!

– CHOUETTE! beugla le barbare. En plus, je gagne à tous les coups!

– Ma troisième et dernière question comprend deux volets et attention, afin que vos vœux se réalisent, il faut répondre avec exactitude: Combien êtes-vous en tout et que faites-vous ici?

– TROP FACILE! cria le guerrier, de plus en plus fou de joie. Nous faisons partie d'une troupe armée d'environ cinq cents hommes et, ce soir, nous prendrons le village de Volfstan. Tous les deux, on nous a envoyés ici pour capturer ceux et celles qui voudraient fuir par la mer. Nous voulons faire un maximum de prisonniers pour les vendre aux Sumériens. Lui et moi ne sommes que des éclaireurs. Deux de nos bateaux sont cachés de l'autre côté de la baie et une…

— Bravo! fit Médousa en s'approchant du barbare radieux. Dis-moi quels sont tes trois vœux maintenant.

— Je veux… je désire…, balbutia l'homme, incapable de se calmer. Je veux être roi… je veux être riche et… et je veux être immortel!

— Que tes désirs soient des ordres, déclara solennellement la jeune gorgone. Regarde-moi bien dans les yeux et tes rêves deviendront réalité…

Médousa s'approcha du bastingage et ôta ses lurinettes. Le barbare, avide de pouvoir et de richesse, la suivit et s'empressa de jeter son regard dans le sien. En quelques secondes seulement, il fut pétrifié de la tête aux pieds.

Puis, d'une simple petite poussée, Médousa fit basculer la statue dans l'eau.

— Tes vœux sont réalisés, gros nigaud! Tu es le roi de cette baie, tu es riche des merveilles qu'elle recèle et tu es immortel dans la pierre!

Mort de peur, l'autre barbare tenta de s'échapper en reculant discrètement. Il n'eut le temps que de faire quelques pas.

– À toi maintenant! Tu souhaites faire exaucer un vœu? demanda Médousa en réajustant soigneusement ses lurinettes.

– NON! non… merci…, répondit le guerrier. J'ai tout ce qu'il me faut… vraiment! Je n'ai besoin de rien!

– Alors, retourne à ton bateau, lui conseilla vivement la gorgone en s'avançant vers lui, et informe ton clan que cette baie m'appartient et que quiconque y naviguera connaîtra le même sort que ton ami… Maintenant, VA!

Complètement paniqué, le barbare bondit hors du drakkar et se mit à nager à toute vitesse en direction des siens.

Aussitôt débarrassée des deux énergumènes, Médousa se précipita aux côtés d'Amos pour vérifier son état. Il respirait bien et son pouls semblait normal. Le garçon, intoxiqué par la drogue des barbares, dormait profondément.

C'est alors que le vieux Grumson fit son apparition sur le drakkar.

– J'ai un message pour maître Daragon, annonça-t-il avec un demi-sourire en apercevant le garçon par terre.

– Amos a reçu une flèche empoisonnée, répondit la gorgone, occupée à glisser un oreiller de fortune sous la tête de son ami. Quel est ce message?

– Ah non! objecta le vieil avare avec un malin plaisir. On m'a demandé de livrer le message au garçon lui-même.

– Mais voyons, monsieur Grumson, vous pouvez me dire de quoi il s'agit, reprit mielleusement la gorgone pour le persuader à parler.

– Désolé, fit Grumson, buté, sur un ton plus grave, le capitaine Bromanson m'a bien spécifié que son message devait se rendre aux oreilles de maître Daragon…

– CESSEZ CE JEU! cria Médousa qui commençait à perdre patience. DE QUOI S'AGIT-IL?

– Je n'ai pas confiance en vous, déclara narquoisement le vieillard. Et puis je ne travaille pas pour vous et tant que le garçon sera dans les pommes, je resterai muet!

– Comme vous voulez, Grumson, mais écoutez-moi maintenant! Je viens d'apprendre que les barbares se préparent à attaquer le village… Retournez vite à Volfstan et dites à Béorf qu'Amos est mal en point! Demandez aussi à Lolya de venir immédiatement parce que… s'il vous plaît!

– NON! Je n'ai pas d'ordre à recevoir de vous! Si vous avez un message à transmettre, faites-le vous-même! Moi, je ne bouge pas d'ici jusqu'à ce que ce jeune homme se réveille!

— VIEILLE BOURRIQUE! tonna la gorgone, à bout de nerfs. Pourquoi faites-vous la mauvaise tête? J'ai besoin de vous… nous… nous avons tous besoin de vous! Vous ne comprenez pas que nous perdons inutilement du temps précieux?

— Bien sûr, bien sûr, je comprends… Mais peut-être pourrions-nous prendre un arrangement? Voyons voir… Ah! voilà! Seriez-vous prête à perdre votre âme? lui demanda finalement Grumson.

— Pardon? Que me demandez-vous?

— Je vous propose un marché. Je vous livre le message de maître Bromanson et en échange, eh bien, vous me donnez votre âme!

— Mais qui êtes-vous donc, monsieur? demanda Médousa, abasourdie par tant de perfidie.

— Les minutes passent… pensez vite, jeune fille! dit l'avare, feignant de ne pas avoir entendu la question de Médousa. Signez-moi ce papier qui me donne le droit exclusif de propriété sur votre âme après votre mort et, en retour, je transmettrai votre message… C'est tout simple, non?

— Vos petits jeux m'agacent au plus haut point! fulmina Médousa, dégoûtée. Vous êtes complètement fou et je refuse de me soumettre à vos pitreries!

– Très bien, alors nous attendrons ensemble que maître Amos se réveille… si, bien sûr, il se réveille un jour! conclut Grumson en ricanant.

9

Markus Grumson

– Il est ici! cria Lolya en apercevant Béorf allongé par terre, inconscient.

Recroquevillé dans les fougères, le béorite grelottait de tous ses membres. Lolya s'approcha rapidement de lui et demanda aux frères Grumson de l'envelopper dans les couvertures qu'ils avaient apportées. La figure de Béorf était livide et son front, brûlant.

Puis la jeune Noire se pencha et s'adressa tendrement à son ami:

– Tu n'es plus seul, Béorf, nous sommes avec toi. Écoute-moi, je sais que tu peux m'entendre… Tout est terminé maintenant! Les barbares sont partis et le village est sauvé… et tout cela, grâce à toi! Tu as de quoi être fier…

Un vrai chef! Maintenant, je t'en prie, ouvre la bouche, il faut que tu boives ceci…

– J'ai froid…, fit le gros garçon dans un murmure à peine audible.

– Bravo! se réjouit Lolya. Je te croyais complètement inconscient! Ne bouge pas, nous allons te transporter jusqu'au village. Tu sembles avoir quelques côtes cassées et on dirait que ton nez et ta mâchoire sont fracturés aussi. Tiens, essaie de boire. C'est une potion que j'ai préparée avec les meilleures herbes fortifiantes qui soient et cela devrait t'aider…

Les yeux mi-clos, Béorf avala la décoction en faisant autant d'efforts que de grimaces.

– C'est… Il est… vraiment écœurant, ton… ton jus…

– Je sais, répondit Lolya en souriant, heureuse de voir son ami revenir à la vie. Ce jus, comme tu dis, te donnera des forces. C'est une préparation qui est aussi mauvaise au goût qu'elle est efficace pour remettre un guerrier amoché sur pied. Chez moi, les combattants dogons l'utilisent régulièrement.

– Mais… que s'est-il passé? Pourquoi est-ce que je suis…?

– Pas maintenant… Il faut te reposer, Béorf, lui ordonna gentiment Lolya. Je répondrai à toutes tes questions plus tard, c'est promis.

– Mais Amos devait… il… il devait…

– Qu'est-ce que je viens de te dire? le gronda-t-elle afin de le convaincre de rester calme.

– Désirez-vous que je me rende au bateau pour voir ce qui s'y passe? demanda alors Markus Grumson tout en vérifiant la solidité du brancard improvisé. Peut-être pourrai-je y être utile. Me donnez-vous l'autorisation de partir?

Lolya sursauta. C'était la première fois qu'elle entendait Markus parler; sa voix grave et posée la laissa interdite quelques secondes.

– C'est une bonne idée, Markus! approuva-t-elle, aussitôt la surprise passée. Pendant ce temps, tes frères et moi ramènerons Béorf au village.

– S'il vous plaît, Lolya, j'aimerais que Béorf lui-même me libère de l'entente que j'ai avec lui et Amos, enchaîna Markus avec grand respect.

– Mais pourquoi donc? Je t'assure que tu peux partir immédiatement, lui affirma la jeune Noire qui, toutefois, ne savait trop que penser de cette curieuse requête.

– Je ne peux pas vous dire le motif de ma revendication, répondit le grand gaillard pour toute explication. Je vous en prie, je ne demande qu'une chose, c'est que maître Bromanson me somme de reprendre ma liberté.

– Je te libère…, chuchota faiblement le garçon qui n'avait pas perdu un mot de l'entretien entre Markus et Lolya.

– Merci beaucoup, Béorf Bromanson! fit Markus, reconnaissant. Et bonne chance pour la suite de votre voyage.

Markus Grumson eut un regard affectueux pour ses frères et, bizarrement, ceux-ci semblaient tout simplement ravis.

– À bientôt, se contenta-t-il de leur dire en s'inclinant profondément.

Une chose inouïe se produisit alors: Markus s'enfonça lentement dans le sol comme s'il avait été sur des sables mouvants. En quelques secondes seulement, il fut complètement avalé par la terre.

***

Le vieux Grumson se prélassait sur le drakkar tout en se moquant des soins que Médousa prodiguait à Amos.

– Vous semblez bien préoccupée, vilaine créature? lança-t-il narquoisement.

– Son cœur bat de plus en plus faiblement. Je ne comprends pas ce qui se passe, murmura tout bas la gorgone qui s'efforçait d'ignorer Grumson.

– Si je peux faire quelque chose pour vous, dites-le-moi… insista l'homme sur un ton qui révélait toute la malveillance en lui.

– Taisez-vous! trancha Médousa, excédée

par la présence de cet odieux personnage. Amos ne va pas bien et c'est de l'aide de Lolya qu'il aurait besoin.

– Ah bon? Si ce n'est que ça! Je propose que vous alliez chercher vous-même la petite négresse, et pendant ce temps, rassurez-vous, je veillerai personnellement au bien-être de votre ami…

– Je n'ai aucune confiance en vous. Mon petit doigt me dit que vous seriez capable de l'étrangler ou de le noyer…

– Si vous connaissiez vraiment ma situation, se défendit Grumson, vous sauriez que je respecte une entente, un code très strict et que je ne peux liquider mon maître pendant la durée de mon contrat avec lui!

– Mais de quoi parlez-vous? fulmina la gorgone. Avez-vous perdu la tête?

– Vous ne comprenez rien à rien, n'est-ce pas, petite tête de linotte? fit malicieusement le vieil homme. Vous êtes facilement dépassée par les événements et cela doit constituer un bien grave problème pour votre peuple. Décidément, les gorgones sont de véritables ânesses!

– Cessez de m'insulter ou je vous transforme en statue pour l'éternité! le menaça Médousa qui en avait plus qu'assez de subir les sarcasmes du vieux Grumson.

– Eh bien, VOILÀ! s'écria l'avare en levant les bras au ciel. Exactement ce que je disais! Tu es une digne représentante de ta race de demeurées. Écoute, je te propose un jeu pour t'aider à mieux comprendre qui je suis! Tu es si stupide que tu ne le découvriras jamais et tant mieux! De toute façon, j'ai envie de jouer avec toi! Retire cette chose sur ton nez et regarde-moi bien dans les yeux!

Il ne faisait aucun doute que Grumson s'était mis à tutoyer Médousa afin de lui signifier sa supériorité. Ainsi défiée, la fille enleva ses lurinettes et c'est avec un air menaçant qu'elle s'avança vers lui. Sans attendre, le vieil avare plongea son regard dans celui de Médousa et… rien. Alors qu'il aurait dû se transformer en pierre sous le feu du regard soutenu de la gorgone, il demeura de chair et d'os.

– Mais… mais… je ne comprends pas…, balbutia Médousa qui sentait l'affolement s'emparer d'elle.

– Tu vois bien, petite sotte, que plusieurs choses t'échappent? railla Grumson. Écoute bien ce qui t'attend maintenant! Comme je viens de te l'expliquer, il m'est impossible d'éliminer maître Daragon parce que, bien maladroitement, j'ai perdu un pari et que, par conséquent, je dois le servir, lui, ainsi que maître Bromanson. Par contre, rien ne m'empêche de te tuer, toi. Je t'arracherai la tête et ensuite j'utiliserai tes yeux comme…

Grumson se tut subitement. Il parut soudain fort tourmenté et ne fit plus attention à Médousa qui, en proie à la peur, était blême comme un fromage. Le vieil homme serra les dents et murmura, juste avant de sauter hors du bateau:

– Je viens de perdre un autre fils! Je dois les retrouver tous les quatre… les retrouver vite avant de…

L'avare s'éloigna de la rive en maugréant sans arrêt, puis il disparut dans la forêt en direction de Volfstan.

La gorge sèche et les jambes tremblantes, Médousa s'affala sur le plancher du bateau avant de retrouver peu à peu son calme.

– Mais pourquoi ne s'est-il pas transformé en pierre lorsque je l'ai fixé du regard? se demanda-t-elle à voix haute.

Pour la première fois de sa vie, la gorgone se sentait démunie. Elle avait toujours cru que son don de pétrification était infaillible et que cela la rendait presque invulnérable face à l'ennemi. Elle s'était trompée et si Grumson n'avait pas quitté précipitamment le drakkar, elle serait déjà morte.

«Quelle leçon! pensa Médousa. Je devrai être plus prudente à l'avenir et, surtout, n'utiliser mon pouvoir qu'en dernier recours.

Si j'avais été moins naïve, je me serais bien rendu compte que Grumson n'est pas un être normal, surtout quand il a voulu que je lui livre mon âme. Que j'ai été sotte! Il faut que je parle à Lolya de tout cela. Elle en connaît un rayon en matière de phénomènes étranges.»

La gorgone n'était pas au bout de ses surprises. Encore absorbée par ses pensées et à peine remise du choc qu'elle venait de subir à cause de Grumson, elle vit un humanoïde de boue, de terre et de roc enjamber le bastingage du bateau et se diriger vers elle.

– Mais que se passe-t-il encore ici? se demanda-t-elle à mi-voix.

– Ne crains rien, Médousa, c'est moi, Markus, dit la chose, et je suis ici pour aider Amos. Comme Grumson n'est jamais revenu lorsque nous l'avons envoyé chercher ton ami, nous nous sommes inquiétés et…

– MARKUS? C'est bien toi? fit la gorgone en se levant d'un bond. Mais que t'est-il arrivé?

– Laisse-moi seulement aider Amos, répondit la créature de terre et de pierre, car je ne suis pas autorisé à répondre aux questions.

– Très bien, vas-y…, consentit Médousa qui, de toute façon, n'avait aucun autre moyen de secourir Amos. Fais ce que tu crois bon pour lui. Il a été empoisonné et son cœur faiblit de plus en plus.

– C'est parce qu'il n'a pas reçu l'antidote, mais je sais ce qu'il faut faire, dit simplement Markus en chargeant le pauvre Amos sur ses épaules. La terre nourrit, la terre soigne, la terre purifie... Je me charge de le remettre sur pied.

Le garçon calé sur sa nuque, l'humanoïde, suivi de Médousa, redescendit de *La Mangouste* et regagna la terre ferme. Après quelques pas, il se tourna vers la gorgone:

– Médousa, rends-toi au village pour rassurer tes amis, je garderai le bateau à ta place et je soignerai Amos. Sois tranquille. Malgré ton apparence inusitée, les gens t'accepteront comme tu es, car ce sont des êtres de cœur et de courage. Maintenant, va... Le porteur de masques te rejoindra bientôt... Une dernière chose: je suis navré de ce que t'a fait subir Grumson... Adieu, Médousa, et bonne chance!

Markus s'enfonça de nouveau dans le sol en emportant avec lui le corps inanimé d'Amos.

«Décidément, pensa la gorgone après avoir assisté, les yeux ronds, au drôle de départ de Markus et d'Amos, il y a des journées plus mouvementées que d'autres! Le vieux Grumson a raison quand il dit que je ne comprends rien à ce qui se passe autour de moi. Il faut croire que je manque d'expérience pour mener une vie d'aventurière avec mes amis Amos, Béorf et Lolya. Il faudra pourtant que j'arrive à prendre les bonnes décisions et que je sache réagir avec sagesse. Mais quand même… je peux être assez fière de mon coup du "génie de la boucle d'oreille"! J'aurai au moins réussi à soutirer de précieuses informations qui seront sûrement indispensables pour la suite de notre voyage.»

Médousa remonta sur le bateau pour y revêtir le grand manteau à capuchon qui lui permettait de dissimuler ses cheveux-serpents. Ainsi, elle devrait ne pas trop se faire remarquer dans le village. Elle redescendit par l'échelle de corde et prit la direction de Volfstan.

10

La libération des fils

Amos revint à lui sur *La Mangouste*. En ouvrant les yeux, il cracha une boule de terre de la taille d'un œuf de poule. S'ensuivirent quelques spasmes abdominaux qui l'empêchèrent de respirer à fond pendant de longues minutes. Le garçon avait du sable dans les cheveux, dans les narines et les oreilles. Ses vêtements étaient couverts de boue et ses bottes, enduites de glaise.

Étourdi et un peu confus, Amos essaya de remettre de l'ordre dans ses idées. Il se souvint que Béorf était parti au village de Volfstan en compagnie de Nérée Goule et que lui-même était resté sur le drakkar avec Médousa. Ensemble, ils étaient en train de nettoyer le pont lorsqu'une douleur l'avait saisi au dos et puis… et puis… plus rien! Voilà tout ce qu'il se rappelait!

Le porteur de masques se leva péniblement et parvint à s'asseoir sur un baril, tout près de lui. Ses jambes et ses bras étaient ankylosés, ses articulations lui faisaient mal et ses idées tout embrouillées lui donnaient le vertige. Se souvenant des leçons de Sartigan, le garçon se plaça en position de méditation et fit quelques exercices de respiration. Le vieux maître lui avait souvent dit que la respiration profonde est le meilleur remède contre la confusion, l'angoisse et la peur. Inspirer de l'air frais aide également à nettoyer l'esprit des pensées sombres qui s'envolent une à une dans le souffle de l'expiration. Après avoir mis en pratique cette technique pendant quelques minutes, Amos avait recouvré complètement ses esprits. Ses muscles, irrigués par une nouvelle vie, avaient perdu toute lourdeur. Il se sentait bien et plus solide que jamais!

Le jeune garçon se leva, s'étira puis regarda autour de lui dans l'espoir d'y apercevoir Médousa. Personne! La gorgone aurait pourtant dû être là! Amos supposa qu'elle était partie se promener pour se dégourdir les jambes ou peut-être même chercher de l'aide, puisqu'il semblait avoir perdu la carte… Quoi qu'il en fût, il décida de faire sa toilette. Le porteur de masques retira ses vêtements et se lança à l'eau. Après quelques brasses revigorantes, il nettoya ses cheveux puis revint se sécher sur le pont du drakkar. Plus tard, il enfila des vêtements propres, mit son armure de cuir et tressa sa chevelure en une longue natte.

« Mais qu'est-ce qui a bien pu se passer ? s'interrogea Amos, de plus en plus soucieux. Où peut bien être Médousa ? Pourquoi suis-je tombé dans les pommes ? Et toute cette terre dont j'étais recouvert à mon réveil, d'où vientelle ?… Je dois absolument retrouver Béorf, Lolya et Médousa… »

Amos décida de quitter *La Mangouste* et de marcher jusqu'à Volfstan. Peut-être ses amis s'y trouvaient-ils toujours.

***

Béorf se remettait bien de ses blessures. Dès son retour au village, Nérée l'avait immédiatement installé dans une grande chambre connexe à son quartier général. Ses deux camarades, Lolya et Médousa, s'étaient retrouvées et veillaient sans cesse sur lui. Comme l'avait prédit Markus Grumson, la gorgone avait été bien accueillie au village, et les enfants en particulier l'avaient rapidement adoptée. Fascinés par ses cheveux-serpents, que son capuchon, soulevé sans qu'elle s'en aperçoive par un coup de vent, ne cachait pas totalement, les bambins de Volfstan lui avaient demandé la permission de les toucher. Se prêtant au jeu, Médousa s'était montrée également attentionnée et généreuse envers les plus curieux qui la bombardaient de questions. Quelques heures après son arrivée, elle ne faisait déjà plus partie des curiosités et avait pris sa place à Volfstan.

Quand Amos arriva au village, il fut, lui aussi, cordialement accueilli par ses habitants qui, après l'avoir écouté, l'envoyèrent tout de suite chez Nérée Goule. Sans tarder, la chef lui montra la chambre où se trouvaient ses amis. Béorf dormait. Lolya et Médousa, très inquiètes du sort d'Amos, sourirent et poussèrent un soupir de soulagement en le voyant.

– Mais où étais-tu passé? Que t'est-il arrivé? demanda Lolya. Médousa nous a raconté que Markus Grumson t'avait amené avec lui! Nous t'attendons depuis deux jours! Des patrouilles ont ratissé les bois à ta recherche! J'étais morte d'inquiétude…

– Je vais très bien, ne vous faites plus de souci pour moi. J'arrive de *La Mangouste* et je pense avoir dormi longtemps et profondément. Par contre, je n'ai aucune idée de ce qui est arrivé au juste. En vérité, j'espérais avoir des réponses de votre part…

Médousa lui raconta alors dans le détail ce dont elle avait été témoin sur le drakkar. Elle lui parla de la petite flèche empoisonnée, de la ruse qu'elle avait utilisée pour soutirer des renseignements aux barbares et de Markus Grumson qui l'avait emporté avec lui dans la terre. Lolya prit la relève pour lui relater le combat mémorable de Béorf et son retournement contre le village.

Ébranlé, Amos s'avança au chevet de son ami. Quand il entendit cette voix familière s'adresser à lui tout doucement, le gros garçon comprit qu'Amos était là. Il ouvrit les yeux et sourit.

– Te voilà enfin, toi… La prochaine fois que nous serons attaqués par une armée de barbares, je te les laisserai… J'ai déjà assez donné… et rappelle-toi que tu m'en dois une…

– Je savais bien que je ne pouvais pas te laisser seul deux minutes sans que tu te blesses! répliqua Amos pour le taquiner. J'ai même entendu dire que tu deviens terriblement laid quand tu te fâches?

– Que veux-tu, lui répondit Béorf qui, en blaguant avec son ami, semblait reprendre des forces, tout le monde n'a pas la chance d'être aussi joli garçon que toi!

Les deux copains, trop contents de se retrouver, rirent de bon cœur, à la grande joie de Lolya et de Médousa qui les observaient du coin de la pièce. Puis, après quelques secondes seulement, Béorf reprit son sérieux.

– Amos, écoute, nous avons un problème avec le père Grumson. Explique-lui ta théorie, Lolya, dit-il en se tournant vers elle.

Avant de commencer à parler, la jeune nécromancienne alla s'assurer que personne n'écoutait derrière la porte. Puis elle alla s'asseoir avec Amos sur le lit de Béorf et fit signe à Médousa de s'approcher. À voix basse, elle fit part de son point de vue à Amos:

– Je crois que Grumson et ses fils ne sont pas des humains.

– Je dois reconnaître que c'est intéressant comme hypothèse, chuchota Amos avec un sourire mi-figue, mi-raisin, mais qu'est-ce qui te fait croire cela?

– Premièrement, Grumson est immunisé contre le pouvoir de pétrification de Médousa…

– C'est vrai, confirma la gorgone. Je l'ai regardé droit dans les yeux et ça ne lui a strictement rien fait!

– Deuxièmement, reprit Lolya, il a proposé un pacte à Médousa! Il lui a dit qu'en échange de son âme, il lui transmettrait un message de Béorf.

– Et je vous assure que ce n'était pas une mauvaise blague de sa part, précisa la gorgone en fronçant les sourcils.

– Et troisièmement, poursuivit la jeune Noire, il est clair que sa personnalité est tout à fait différente de celle de ses fils. Alors, est-il vraiment le père ? De plus, il exerce sur eux un pouvoir qui les empêche probablement de parler, de nous dire qui ils sont véritablement ! Nous avons perdu Magnus et Markus et, plutôt que de pleurer leur départ, leurs frères, Morkus, Mikus et Mékus, semblaient enchantés !

– J'admets que c'est très étrange, réfléchit tout haut Amos.

Après avoir gardé le silence un moment, le porteur de masques finit par dire :

– Écoutez, je pense que je dois vous raconter quelque chose.

Amos leur confia alors que, la nuit avant leur départ d'Upsgran, il avait fait un rêve dans lequel une colombe à cinq têtes s'était adressée à lui. Il raconta le songe en détail, puis il leur parla de ce qui s'était passé pendant la troisième et dernière vague de l'attaque des meuves, dans le delta du Volf. Il rapporta les paroles de Magnus et décrivit, entre autres, l'aplomb avec lequel le jeune homme s'était relevé dans le drakkar, alors que tout le monde était aveuglé. Et comment il avait détruit aisément les meuves en frappant le cœur de leur reine au centre de la vague.

– Eh bien, voilà ! Ceci appuie bien la théorie que Grumson n'est pas humain ! clama

Lolya. Et puis, ton récit confirme que ses fils ne le sont pas plus que lui!

– Vas-y, Lolya, explique-nous comment tu vois les choses, fit Amos, de plus en plus intéressé. Je suis curieux d'en savoir davantage sur ce drôle de bonhomme.

– Je pense que… En fait, je suis convaincue que Grumson est un démon, dit posément la nécromancienne en détachant chacune des syllabes. Il y a des êtres surnaturels qui vivent sur la Terre. Des esprits qui prennent chair parce qu'ils ont été chassés des mondes astraux. Grumson est un diable qui puise sa force et sa puissance dans le pouvoir de l'argent, ce qui explique son avarice. Il doit accomplir une quelconque action, faire quelque chose pour retourner d'où il vient. Sans cela, il demeurera prisonnier sur la Terre.

– Mais ses fils? demanda Amos, songeur. Quels rapports réels ont-ils avec lui?

– Justement, les quintuplés ne seraient pas ses fils, mais des êtres célestes liés aux éléments naturels. Chez les Dogons, nous les appelons les «protecteurs». Ils ont pour mission de veiller à la cohésion des éléments entre eux. Voilà pourquoi tu as fait ce rêve de la colombe à cinq têtes. Comme tu es porteur de masques, ton lien avec les éléments a fait qu'ils ont pu facilement s'adresser à toi. Cinq fils, cinq têtes!

– Mais attends, rétorqua Amos. Il n'y a que quatre éléments : la terre, l'eau, le feu et l'air, non ?

– Non, fit Lolya, je crois maintenant qu'il y a cinq éléments ! Magnus est lié à l'eau, Markus à la terre et les trois autres sont liés au feu, à l'air et à un autre élément inconnu.

– Mais que fabriquent-ils avec Grumson alors ? lança le porteur de masques, un peu étourdi par le flot de renseignements contenus dans la théorie de son amie.

– Il les a soumis à son contrôle pour les utiliser à des fins que j'ignore. Les démons ont un code très strict de contrats, de promesses et de dettes morales. Alors, lui, il a sûrement piégé ces garçons pour respecter ce code ! Grumson possède un pouvoir certain sur eux, mais par contre il a commis une erreur.

– Laquelle ? demanda Amos, avide d'explications.

– Il a perdu un pari contre nous, répondit Béorf à la place de Lolya. Tu te souviens de notre contrat avec lui et de la façon dont tu as répondu à son énigme ?

Le jeune garçon acquiesça en silence.

– Eh bien, nous sommes devenus les maîtres de Grumson et, par le fait même, nous avons autorité sur ceux que le vieux bouc contrôle, c'est-à-dire ses soi-disant fils !

– Ah! mais je comprends tout maintenant, murmura Amos. Récapitulons! La première fois que je rencontre les fils Grumson, ils sont sur les quais et appellent à l'aide pour sauver leur père. Les quintuplés, qui sont en réalité des êtres célestes liés aux éléments naturels, savent de par leur nature divine que je suis porteur de masques et qu'un séjour à mes côtés leur permettra peut-être de communiquer avec moi. Voilà pourquoi ils s'engagent à servir celui ou celle qui sauvera leur soi-disant père de la noyade. Une fois le sauvetage réalisé, Grumson doit se soumettre à la promesse de ses fils pour honorer une dette morale envers moi!

– Voilà! s'exclama Béorf avec satisfaction.

– Et j'ajouterai à cela, poursuivit Lolya, que les fils Grumson ne peuvent pas laisser le démon se noyer, car c'est lui qui détient la clé de leur salut. D'un autre côté, l'avare ne veut pas saisir la main que ses prétendus fils lui présentent par crainte d'être en dette envers eux, ce qui l'obligerait à en libérer un. Les démons fonctionnent ainsi: une vie pour une vie, un service pour un autre service.

– Plus tard, continua Amos, alors que nous étions à Upsgran, Grumson nous propose de parier *La Mangouste* sur la résolution d'une énigme. Nous lui faisons signer un papier, ce qui, selon la théorie de Lolya, engage non pas quelques vulgaires pièces d'or, mais le démon lui-même. Lorsqu'il perd le pari, sa réaction est démesurée, car il sait qu'il devra nous servir et que nous aurons la possibilité de libérer ceux qu'il enchaîne à sa volonté… Donc, voilà, nous avons le loisir de libérer les quintuplés […]

– Bien, sûr, c'est logique, intervint Béorf, maintenant bien assis sur son lit. Ses fils auront eu vent de l'affaire et, justement, c'est la nuit précédant notre départ que la colombe est apparue dans ton rêve. C'était sans doute un appel à l'aide!

– La colombe m'a aussi prié de ne répéter à personne ses propos, sûrement par crainte que le démon n'apprenne que ses fils avaient communiqué avec moi par son intermédiaire. Elle m'en a dit juste assez pour que je libère Magnus sans que Grumson, aveuglé par la vague de larmes, s'en aperçoive.

– C'est vrai, ça! Le vieux bouc n'était pas là non plus lorsque Markus m'a demandé de le libérer! ajouta Béorf, revigoré par toute cette affaire.

– Il y a un lien puissant entre Grumson et ses fils ou, si vous préférez, entre ce démon et ses esclaves, déclara gravement Médousa, assez fière d'apporter sa contribution. Lorsque, sur le drakkar, il allait me tuer, il s'est interrompu parce qu'il a perçu qu'un de ses fils s'était libéré de son contrôle. Et c'est d'ailleurs ce qui m'a sauvé la vie…

– Je sais ce que nous allons faire, lança Amos avec un sourire au coin des lèvres. Lolya, connais-tu les principes qui font partie du code de conduite des démons?

– Oui… enfin, pas toutes les règles, admit la nécromancienne, mais je connais les plus importantes. Je consulterai mon grimoire. Je fouillerai aussi dans celui de Baya Gaya; je pourrai sans doute y trouver quelque chose d'intéressant.

Amos réfléchit un moment en considérant un à un ses trois amis.

– Médousa, dit-il enfin, peux-tu demander à Nérée de trouver les fils Grumson restants? Dis-lui que c'est important et qu'elle doit leur mentionner sans faute que nous leur *ordonnons* de se présenter tous les trois ici, devant nous, dans une heure exactement, ce qui nous donnera le temps de tout préparer.

– Très bien, mon commandant! fit la gorgone en retenant un fou rire nerveux. J'y vole tout de suite!

***

Morkus, Mikus et Mékus se présentèrent à l'heure devant Amos et ses amis. Lorsque Nérée

Goule les avait trouvés, les trois gaillards étaient en train d'aider les villageois à réparer leurs demeures. Elle n'avait eu aucune difficulté à les convaincre de se rendre au rendez-vous fixé par Amos.

Alors que le porteur de masques venait juste de les faire entrer dans le quartier général de Nérée, le père Grumson apparut soudainement.

– Que se passe-t-il ici ? clama-t-il. Vous voulez nous voir ?

– Pas vous précisément, mais vos fils ! répondit sèchement Amos. Mais puisque vous êtes ici, prenez donc une chaise, juste là, et attendez en silence.

Les quatre adolescents étaient prêts. Ils savaient bien que le vieux Grumson ne tarderait pas à rappliquer quand il saurait que ses fils se trouvaient là. Le siège désigné par Amos avait été placé en plein centre d'un cercle dessiné par Lolya et où brûlaient sept chandelles blanches.

– Non… non… non merci, balbutia Grumson en apercevant les bougies. Pour l'instant, je préfère demeurer debout.

– Je ne crois pas, non, que vous resterez debout ! trancha net le porteur de masques. Posez immédiatement vos fesses sur cette chaise ! Je sais que, selon les lois qui régissent l'univers des démons, j'ai le droit, de par notre entente signée à Upsgran, de vous demander tout ce que je veux si ma requête ne porte pas préjudice à votre vie. Ce qui est le cas, alors écoutez-moi!

– Non! grogna l'homme. Vous ne pouvez rien exiger de moi… ou plutôt si, mais laissez-moi d'abord vous faire une autre offre…

– TAISEZ-VOUS ET ALLEZ VOUS ASSEOIR! cria Amos, en colère.

Grumson savait qu'en prenant place sur cette chaise, il perdrait tout contact avec ses «fils». Lolya connaissait quelques rituels de protection contre le mal et c'était l'un d'eux qu'elle mettait en pratique en ce moment. Le cercle enchanté, délimité par sept chandelles blanches, était une prison d'où un démon ne pouvait plus sortir à moins d'en recevoir l'ordre de son maître. Grumson savait également que, une fois la ligne traversée, il ne pourrait plus rien voir ni rien entendre. Emmuré dans ce cercle magique, coupé du monde réel, il serait privé de tout et ne pourrait rien faire d'autre qu'espérer sa délivrance.

C'est en maugréant que le démon passa la ligne blanche pour se laisser choir sur la chaise.

– Voilà! dit Lolya, satisfaite. Même si nous pouvons le voir et l'entendre, je vous rappelle que Grumson se trouve, lui, complètement isolé.

– Bon, comment dire?… Je sais, commença Amos en s'adressant aux trois frères, que vous êtes des esprits célestes appartenant aux éléments. Je sais aussi que vous êtes les esclaves de Grumson et que vous ne pouvez pas parler en sa présence, mais rassurez-vous, comme Lolya vient de le dire, il ne peut pas nous entendre actuellement. Je sais aussi que Béorf et moi avons le pouvoir de vous libérer, mais, avant, j'ai quelques questions à vous poser.

– S'il vous plaît, libérez d'abord Morkus et Mikus de l'emprise de Grumson, implora Mékus qui désirait s'assurer de leur liberté.

– Morkus et Mikus, déclara Amos, vous êtes maintenant libres!

Aussitôt, Morkus s'enflamma et disparut dans un nuage de fumée; Mikus, lui, se lança par la fenêtre avant de s'évaporer. En moins d'une seconde, tous deux s'étaient volatilisés!

– Je te remercie, maître Amos! dit Mékus en s'inclinant profondément. J'attends maintenant tes questions…

– D'abord, qui est réellement ce Grumson et pourquoi le servez-vous? demanda Amos.

– Grumson est un démon venu accomplir sur Terre une mission pour se racheter auprès de ses dieux. Il devait guider des esprits protecteurs des éléments, c'est-à-dire mes frères et moi, pour les vendre comme esclaves aux Sumériens. Nous lui étions assujettis et, en sa présence, nous devions garder le silence. Par ailleurs, notre nature spirituelle nous dicte de ne pas révéler notre véritable identité à moins que la question ne nous soit directement posée. Enmerkar, le grand prêtre de Sumer, attend notre arrivée afin que nous l'aidions à construire la tour d'El-Bab. Il a besoin des forces de la terre, de l'air, du feu et de l'eau.

— Mais il n'y a que quatre éléments alors que vous êtes cinq frères, dit Amos qui désirait résoudre ce mystère. Quelle en est l'explication ?

— Il existe un cinquième élément, Amos, affirma Mékus. Magnus est l'eau ; Markus, la terre ; Morkus, le feu ; et Mikus, l'air. Moi, je suis l'éther.

— L'éther ? Il y aurait donc cinq masques de puissance ?

— Absolument, confirma Mékus. Et lorsque tu auras trouvé les seize pierres de puissance, il te faudra alors le masque de l'éther. Grâce à lui, il te sera possible de varier tes sorts à l'infini et d'entrecroiser les éléments à ta guise. C'est l'éther qui unit l'eau et la terre pour créer la boue ; il fusionne le feu et l'eau pour faire la vapeur ; il combine l'air et la terre pour former la poussière, et ainsi de suite. Ce masque est complet en lui-même et n'a donc pas besoin qu'on y ajoute des pierres.

– Mais où puis-je trouver le masque qui me manque, celui de la terre?

– Tu l'as déjà en toi, lui apprit Mékus. C'est Markus qui t'en a fait cadeau, ainsi que de la première de ses pierres.

– Ah oui!? fit Amos, étonné mais heureux de cette nouvelle. Ah oui! je me rappelle avoir craché une boule de terre à mon réveil sur le drakkar! Et cela explique pourquoi j'étais tout couvert de terre…

– Effectivement, la force de la terre coule en toi…, affirma le protecteur de l'éther. Maintenant, cesse tes questions et libère-moi, je dois vite retourner parmi les miens.

– Je te libère…, proclama Amos, et merci pour tout!

11

La visite surprise

Lorsque, ce matin-là, Nérée Goule se rendit à la fenêtre de sa chambre en bâillant, son cœur faillit s'arrêter net. Volfstan avait été refait à neuf! Les maisons avaient toutes été reconstruites en jolies briques rouges. De solides portes en bois, des toits de chaume, de larges fenêtres et de magnifiques cheminées de pierre ornaient miraculeusement les demeures. La palissade qui entourait le village avait été remplacée et tous les troncs d'arbres la composant étaient alignés à la perfection. Les rues, anciennement en terre battue et boueuses, étaient maintenant recouvertes de solides pierres et de mosaïques de pavés. Deux nouveaux puits avaient été creusés, une fontaine trônait au milieu de la place centrale et un joli petit ruisseau coulait silencieusement tout en arrosant les potagers des habitants. Il y avait des fleurs partout et une douce odeur de tarte aux pommes flottait dans l'air.

– ÇA Y EST! hurla la femme, paniquée. JE SUIS MORTE!

La chef de Volfstan dut se pincer à plusieurs reprises pour comprendre qu'elle était toujours vivante, que l'aspect magnifique du village n'avait rien d'un rêve ou d'un paradis viking. Elle se précipita dehors pour s'assurer que cela était bien réel. Tout comme elle, les villageois se promenaient dans les rues en se frottant les yeux d'incrédulité. Toutes traces de combat, de violence, de guerre et de misère avaient été complètement effacées pour faire place au calme et à la douceur d'une jolie petite bourgade de province.

Amos, Lolya et Médousa sortirent eux aussi en soutenant Béorf sous les bras. Le gros garçon se portait beaucoup mieux, mais il avait encore de la difficulté à marcher.

– Wow! mais qu'est-il arrivé au village? fit Lolya, complètement estomaquée par ce qu'elle voyait.

– C'est un vrai miracle! s'écria la gorgone. Hier, tout était encore en ruine et maintenant…

– C'est merveilleux! lança à son tour Béorf, bouche bée.

— Je crois bien, affirma Amos, que les quintuplés Grumson ont tenu à nous remercier. En voici la preuve… Regardez, juste là!

Le porteur de masques s'approcha d'une petite place ornée de fleurs et d'élégants bancs de pierre finement taillée. Parmi eux s'élevait une sculpture à quatre faces représentant les quatre éléments naturels, chacun surmonté d'un masque de fer qui symbolisait l'éther.

— Maintenant, je comprends pourquoi les Sumériens convoitaient les quintuplés en tant qu'esclaves! déclara le porteur de masques à ses amis. Si, en une seule nuit, ces esprits ont transformé le village d'aussi belle façon, imaginez les miracles qu'ils auraient pu accomplir sur la tour d'El-Bab.

— Mais j'y pense! lança tout à coup Béorf. Qu'allons-nous faire de Grumson?

— Sois tranquille, j'ai mon idée, répondit Amos. J'ai discuté avec Lolya et nous avons un plan.

— Si tu t'en occupes, dit le béorite en souriant, je pourrai alors dormir sur mes deux oreilles: cinq cents barbares pour moi l'autre jour et un démon pour toi maintenant!

À ce moment, un cri se fit entendre dans le village. Un garde qui hurlait à pleins poumons accourut vers eux.

– OURM LE SERPENT ROUGE ARRIVE!
NOTRE ROI ARRIVE! NOTRE ROI EST LÀ!

Ce cri fut immédiatement suivi de celui de
Nérée Goule:

– TOUT LE MONDE À SON POSTE! ET
EN ARMURE! FAITES COMME SI TOUT
ÉTAIT NORMAL! ENFIN, TOUT EST NOR-
MAL, MAIS PAS COMME D'HABITUDE,
TOUT EST NORMAL, MAIS EN PLUS
BEAU! ENFIN… QUE LA POPULATION SE
RENDE SUR LA GRANDE PLACE! VITE!
VITE! MAGNEZ-VOUS LE POPOTIN!

Lorsque les portes du village s'ouvrirent
pour accueillir le roi viking, tout le monde
était prêt. Une haie d'honneur accueillit Ourm
le Serpent rouge ainsi que sa garde
personnelle, composée de cinquante féroces
guerriers. La population lança des fleurs sur
leur passage; il ne manquait que le tapis rouge.
Le roi, un colosse à la barbe et aux cheveux
roux, aux épaules larges et aux jambes solides
comme des troncs d'arbres, s'avança vers
Nérée. Il portait un grand casque d'acier orné
de deux immenses cornes de taureau. Sa cotte
de mailles brillait de mille feux et, dans sa
main droite, il tenait une hache de guerre
de taille disproportionnée. La chef était
prosternée devant lui lorsque Ourm prit la
parole:

– Bonjour à toi, Nérée Goule. Ton messager est arrivé jusqu'à moi ! J'ai trois cents hommes et du ravitaillement qui attendent sur des drakkars dans la… dans la… baie…

Le Serpent rouge venait de remarquer la splendeur de Volfstan. Ce village était beaucoup trop beau et ordonné pour avoir essuyé les attaques barbares ! Ourm se retourna vivement vers son premier commandant et lui demanda à voix basse :

– Sommes-nous bien à Volfstan ? Serait-il possible que nous nous soyons trompés de village ?

– Oui, c'est… non… oui, en effet, bafouilla l'homme, aussi étonné que son roi, plutôt non… oui… nous devrions être arrivés au bon endroit !

– Mais le messager a dit que… que le village n'était plus qu'une lamentable ruine…, murmura le monarque.

– Oui, effectivement, sire… Je ne comprends pas…

– Par Thor, marmonna Ourm, ce village est plus beau que ma propre capitale ! À mon retour, quelques-uns de mes architectes auront affaire à moi !

– Vous dites, sire ? fit Nérée qui riait sous cape.

Ourm toussota un peu puis reprit :

– Je dis que… ce sera un honneur de vous assister dans votre lutte contre l'ennemi !

– Trop tard pour votre aide ! répondit la corpulente femme avec une évidente fierté. Nous avons tout réglé nous-mêmes.

– Attendez, êtes-vous en train de me dire que vous vous êtes débarrassés des armées barbares ? demanda le roi, incrédule.

– Oui, oui… en effet… Une affaire de rien. Vous savez comment c'est ? Ils sont gros, ils sont laids, mais quand on a du cœur au ventre… on arrive facilement à les impressionner !

– Mais votre messager m'a dit qu'ils seraient des centaines à attaquer Volfstan ! Et que votre village était en ruine !

– Mon messager a dit vrai, sire. Ils étaient au moins cinq cents barbares lors de cette dernière attaque contre nous ! confirma la chef, la tête haute et le ton solennel. C'est peut-être difficile à croire vu la propreté de l'endroit mais, justement, en ce qui concerne le village, eh bien, disons que nous avons donné un bon coup de balai, planté quelques fleurs, remplacé deux ou trois carreaux et autres petits détails de ce genre ! Mais il faut bien l'avouer, ô grand roi, Volfstan est bien modeste si on le compare à ce qu'il a déjà été ! On pourrait même dire que… hum… c'est un peu désolant à regarder et… je vous prie de m'en excuser.

— Mais voyons, Nérée Goule, ne vous en faites pas pour si peu, lui dit Ourm qui avait peine à imaginer toute la splendeur passée du village de Volfstan. C'est… c'est pas mal du tout si l'on considère que vous avez essuyé une multitude d'attaques au fil des ans… Vraiment, c'est très bien… vraiment très bien!

— Eh bien, tant mieux! lui lança Nérée de sa bonne voix. Je suis contente que cela vous plaise! Puis-je vous faire visiter?

— Bien sûr! C'est avec grand plaisir que j'accepte!

Ourm se tourna vers sa garde personnelle et ordonna:

— Qu'on apporte les provisions et que mes hommes se détendent, il n'y aura pas de bataille à Volfstan! Nous ferons plutôt une grande fête en l'honneur de Nérée Goule et de sa victoire contre les barbares!

— Mais, sire, c'est beaucoup trop de considération! lui dit la chef avec modestie, mais aussi avec un brin d'émotion dans la voix. Je vous assure que je n'ai fait que mon devoir!

— Si tous les chefs de mes garnisons avaient seulement la moitié de votre souci du travail bien fait, madame, je serais depuis longtemps le maître du monde!

— Vous faites peut-être trop confiance aux hommes et pas assez aux femmes! lui glissa audacieusement la guerrière en lui faisant un clin d'œil. Bon, la visite maintenant! Si vous voulez bien me suivre, nous commencerons par mon quartier général!

– J'admire votre grande bravoure, chère Nérée Goule! lui confia le roi en jetant des coups d'œil autour de lui, comme s'il cherchait quelque chose. Mais d'où provient donc cette délicieuse odeur de tarte aux pommes qui flotte si agréablement sur Volfstan?

– C'est… c'est…, balbutia la grosse femme qui, elle-même, n'en avait pas la moindre idée. En fait, c'est notre fête annuelle qui vient tout juste de se terminer! Nous célébrions la… la tarte aux pommes qui… qui, comme tout le monde ici le sait, donne au guerrier force et courage! Enfin, bon, c'est un peu plus compliqué que ça; je vous expliquerai plus tard, après la visite que je vous ai promise! Suivez-moi, c'est par ici!

Ourm le Serpent rouge déambula dans les rues du village au bras de Nérée qui le conduisait aimablement vers son quartier général. La chef et son roi croisèrent au passage nos quatre jeunes aventuriers qui, dans la douceur du matin, se prélassaient sur la petite place, tout près de la statue des cinq éléments. En les apercevant, Nérée s'arrêta devant eux:

– Cher souverain, laissez-moi vous présenter Béorf Bromanson et ses compagnons,

Amos, Lolya et Médousa. Béorf est le jeune chef d'Upsgran, village situé sur les terres d'Harald aux Dents bleues. Il est de la race des béorites. Je dois avouer que, sans lui, la bataille contre les barbares ne se serait peut-être pas terminée de la même façon!

— Heureux de vous rencontrer, jeune chef! lança Ourm en lui donnant une solide poignée de main. Alors, tu viens d'Upsgran? Grâce aux exploits d'Hulot Hulson contre le dragon de Ramusberget, ton village est célèbre sur tous mes territoires! Quel homme, ce Hulson! QUEL HÉROS!

Il faut savoir que Hulot Hulson, surnommé «Grande gueule» à Upsgran, était en réalité plus vantard que courageux et plus pantouflard qu'héroïque! En réalité, c'étaient Amos et Béorf qui avaient fait tout le travail à Ramusberget, mais ils en avaient humblement gardé le secret. Voilà pourquoi les garçons durent faire de gros efforts pour ne pas éclater de rire en entendant le roi vanter les mérites de Hulot.

— Je suis aussi honoré de faire votre connaissance, sire, lui répondit cordialement Béorf. Hulot Hulson serait honoré d'être à ma place pour vous rencontrer. Son esprit et son courage habitent maintenant nos cœurs à tous!

— On dit qu'il est mort en affrontant une armée de merriens au-delà de la Grande

Barrière, fit Ourm sur le ton de la confidence. Est-ce exact?

– Oui, répondit Béorf qui, pour s'amuser, décida d'alimenter la légende. En plus des merriens, il a aussi dû combattre trois serpents de mer et un griffon avant que le dieu Loki lui-même descende sur terre pour l'affronter en duel. Jusqu'à la fin, Hulot a bravé la mort. Le dieu a même failli y laisser sa peau, c'est pour vous dire!

– Hum… mais que peut faire un homme contre une divinité? soupira le Serpent rouge. Quelle peste, ce Loki! Je lui souhaite de ne jamais croiser mon chemin parce que… oh oui! je lui donnerais moi-même du fil à recoudre!

– À retordre, sire, du fil à retordre…, corrigea Nérée.

– Euh… oui, c'est bien cela… à retordre…, reprit Ourm, un peu embarrassé. Bon, je suis content de vous avoir rencontrés, les amis… Si je peux faire quoi que ce soit pour vous, n'hésitez pas à venir me voir!

Sans attendre, Amos saisit la chance qui s'offrait à eux:

– Justement, nous désirons poursuivre notre remontée du fleuve Volf en direction de la mer Sombre. Comme la route est dangereuse, pouvez-vous nous fournir une escorte?

– Et jusqu'où allez-vous?

– Jusqu'aux Salines! intervint promptement Médousa qui connaissait leur destination grâce aux informations obtenues par ruse sur *La Mangouste*.

– Hum… ces territoires ne m'appartiennent pas, c'est une contrée barbare…, réfléchit tout haut le Serpent rouge. Cependant, comme nous venons de les vaincre, cette incursion dans leurs terres les incitera sans doute à rester tranquilles. Alors, ça va, je suis d'accord! Ma flotte et moi vous accompagnerons jusqu'aux Salines!

Les adolescents remercièrent en chœur la générosité du roi qui, rapidement, reprit son chemin au bras de Nérée.

– Bien joué, Amos! s'exclama Béorf lorsque le monarque fut assez loin d'eux.

– Il faut savoir saisir la chance lorsqu'elle se présente! répondit en souriant le porteur de masques. Tu sais où sont les Salines, Médousa?

– Je n'en ai aucune idée! fit la gorgone en s'esclaffant. Le barbare n'a pas vraiment eu le temps de me l'expliquer!

12

Les Salines

Après quelques jours de préparatifs, un cortège de drakkars piloté par Ourm le Serpent rouge se mit en route vers les Salines du sud. Le Volf prenait sa source dans la mer Sombre, immense mer intérieure fortement salée, pour aller se jeter dans l'océan Nordique baignant les royaumes vikings. De larges rivières formées par la fonte des neiges dans les montagnes et plusieurs autres cours d'eau de moindre importance venaient l'alimenter dans sa descente vers Volfstan. Ce fleuve, qui coulait sur des centaines de lieues, était remarquable pour sa faune et sa flore, mais surtout pour le sel qu'il transportait avec lui.

Situé à égale distance entre la source et le delta du Volf, se trouvait un royaume appelé «les Salines». Le roi Ourm et Nérée Goule avaient raconté aux quatre jeunes aventuriers que les habitants de l'endroit, les grissauniers, étaient connus sur une grande partie du continent en raison de leur aptitude à extraire le sel de l'eau. Ces petits êtres à la peau grise, qui mesuraient à peine un mètre de haut, gardaient jalousement le secret de leur réussite depuis des générations et des générations. On savait qu'ils détournaient l'eau du Volf dans d'immenses marais et que, grâce à l'évaporation naturelle de l'eau, ils recueillaient le sel restant en le séparant du sable. Mais jamais personne n'avait réussi à leur faire avouer comment ils faisaient. Pour le peuple des Salines, il s'agissait là d'un travail difficile, mais très valorisant et surtout très lucratif.

D'apparence humaine, les grissauniers avaient de grandes oreilles rondes et un tout petit nez. Imberbes, maigrichons et toujours pieds nus, ils vivaient en paix avec tous leurs voisins sans exception et commerçaient aussi bien avec les barbares qu'avec les gobelins, les Sumériens, les Vikings ou les chevaliers. Le territoire des Salines était reconnu pour être un endroit neutre où le commerce du sel régnait en maître.

– Pour chacun de ces peuples, le sel est un élément indispensable du quotidien, avait expliqué le roi Ourm. Il permet de conserver la viande et le poisson. Il est aussi utilisé pour soigner les brûlures, les piqûres d'insectes, pour désinfecter les blessures et pour faire des emplâtres. Ses vertus thérapeutiques sont bien connues et tous les guérisseurs savent qu'un cataplasme d'orties salées peut soigner les entorses et réduire l'enflure des pieds. Les Sumériens s'en servent comme vomitif afin de soulager les maux de ventre alors que les chevaliers l'utilisent dans la blanchisserie. Les Vikings l'emploient pour la conservation de tous leurs aliments, puisque le sel dessèche la viande en absorbant l'eau et élimine du même coup les microbes. De leur côté, les barbares croient en son pouvoir divinatoire. À la première pleine lune d'hiver, ils disposent sur une table douze moitiés d'oignons qu'ils saupoudrent de sel. Le lendemain, les morceaux sur lesquels le sel a fondu indiquent, selon eux, les mois et les années où le temps sera pluvieux. De cette façon, les barbares peuvent mieux planifier leurs attaques et guerroyer au sec. Quant aux gobelins, ils lui attribuent des pouvoirs maléfiques et répandent fréquemment autour de leurs ennemis des pincées de sel afin d'attirer sur eux le mauvais sort. À Berrion, les femmes en utilisent toujours pour faire gonfler le pain et les gâteaux et s'en servent régulièrement pour faire briller la vaisselle ainsi que pour empêcher les tissus de perdre leurs couleurs lorsqu'elles les teignent.

– Sans le savoir-faire des grissauniers, avait ajouté Nérée, il n'y aurait pas de sel! Voilà pourquoi ces petits êtres vivent en paix et restent toujours à l'abri de la guerre. Ils possèdent une denrée essentielle pour tous et leur talent est trop précieux pour être menacé. Leur territoire est sacré et leur intégrité, toujours préservée. Dans le royaume des Salines, on ne fait que du commerce! Par exemple, certains échangent des chevaux et des armes contre de grands sacs de sel; d'autres, deux tonneaux de sel contre quatre de harengs, un bloc de sel contre un mouton ou une chèvre, du sel de première qualité contre de l'or ou des bijoux.

– Vous savez, dit Lolya, poursuivant la discussion avec ses amis, chez moi, nous accueillons les étrangers en leur offrant un morceau de pain et une pincée de sel en guise de bienvenue. Ce cadeau est une marque d'amitié et de confiance.

– Ma mère raconte, continua Amos, que si un coq chante dans la nuit, c'est pour signaler le passage de mauvais esprits et, pour les conjurer, on doit jeter une poignée de sel dans l'âtre de la cheminée.

– Chez les gorgones, poursuivit à son tour Médousa, nous l'utilisons presque uniquement pour soigner les maladies de peau, ce qui s'avère assez efficace. Comme la plupart du temps, nous ne mangeons que des insectes vivants, nous n'en avons pas besoin pour conserver notre nourriture.

– À Bratel-la-Grande, se remémora Béorf, les nouvelles mamans vont présenter leur nouveau-né au seigneur qui leur offre un œuf pour la santé de leur petit et un sac de sel pour la sagesse. Les femmes appellent cela la «cueillette de chance»!

– Dans le royaume d'Omain où je suis né, renchérit Amos, pendant la grande fête du solstice d'été, les jeunes filles lancent des pincées de sel dans le feu de joie allumé pour l'occasion. Si les flammes se mettent à crépiter, cela signifie qu'elles trouveront un mari dans l'année qui vient.

– Il existe aussi bon nombre de formules de magie noire qui nécessitent du sel, expliqua Lolya à ses amis. Par exemple, pour jeter un sort de malchance, on place un fagot de branchages de rosiers saupoudrés de sel devant la porte de sa victime. Si on prononce la formule adéquate, ça marche à tout coup!

– Je suis très heureux que Nérée et le roi Ourm nous aient parlé des Salines, dit Amos pour finir. Ce petit royaume m'intrigue et j'ai hâte de le visiter!

Accompagnés de Serpent rouge et de Nérée Goule, qui avait décidé de les accompagner

jusqu'aux Salines, les jeunes aventuriers navi-
guaient, à bord de *La Mangouste*, en tête du
cortège de bateaux. Une dizaine de rameurs
vikings composaient leur nouvel équipage.
Grumson était assis à la poupe du drakkar et
grognait de mécontentement. Le démon avait
tout perdu! Ses esclaves s'étaient tous envolés
sans qu'il ait pu faire quoi que ce soit. Son
contrat avec Amos et Béorf le liait à eux pour
encore deux mois, ce qui, de surcroît,
l'obligeait à travailler. À genoux sur le pont, il
brossait le sang et la saleté que le porteur de
masques n'avait pas eu le temps de nettoyer.
Béorf l'avait assigné à ces travaux de décrassage,
et l'infâme personnage rageait en ruminant des
plans de vengeance.

Grumson était un démon mineur appartenant à une petite partie du vaste monde des
enfers nommée les abysses. C'était un petit
serviteur qu'on avait pourtant chargé d'une
mission de premier ordre. Il avait supplié son
maître de lui donner une chance, de lui accorder
une tâche d'importance à accomplir afin qu'il
fasse ses preuves. Pour le contenter, mais surtout
pour se débarrasser de lui, le maître avait cédé
aux sempiternelles demandes de son serviteur
en lui donnant la responsabilité d'escorter cinq
esprits jusqu'à la tour d'El-Bab. C'était Enki,
grand dieu sumérien, qui avait lui-même

capturé ces êtres pour les offrir à son prêtre, Enmerkar. Il avait donc demandé au maître de Grumson d'assurer la livraison. Cependant, le maître en question avait commis l'erreur de confier les prisonniers à Grumson. Maintenant, les esprits des cinq éléments s'étaient échappés et sans doute que nul ne pourrait les rattraper. Grumson savait qu'il était dans de beaux draps. Plus jamais il ne pourrait rentrer chez lui, dans les abysses du monde! Dès qu'il allait apprendre l'échec de sa mission, son maître allait envoyer à ses trousses des hordes de petits diables afin de l'éliminer! Pour le reste de ses jours, Grumson devrait conserver son apparence humaine afin de se cacher chez les hommes!

– Quelle horreur! pensa-t-il tout haut en prenant conscience de sa désastreuse situation.

– Que se passe-t-il? demanda Lolya qui passait près de lui. Vous n'aimez pas le nettoyage? Ou peut-être est-ce le travail en général qui vous déplaît?

– Petite vaurienne! lui dit le démon, vexé. Un jour, je me vengerai de toi! Ne t'avise surtout pas de me tourner le dos parce qu'il pourrait t'arriver malheur!

– Je n'ai pas peur de vous, répondit Lolya, assez indifférente aux menaces du vieil homme. Tiens, vous avez oublié une tache, juste là! Nettoyez-moi ça!

— Je n'ai pas d'ordre à recevoir de toi! répliqua Grumson, plus amer que jamais. Je dois obéissance seulement à Béorf, ce gros ours mal léché, et à Amos, le petit arrogant qui se croit futé!

— Eh bien, non! Vous avez tout faux! C'est à moi que vous devez obéir, lui révéla Lolya.

— Que racontes-tu là, petite sotte? dit le vieil homme, perplexe.

— Eh bien, selon vos lois occultes, tout contrat peut être vendu ou cédé à un tiers indépendamment de la volonté du sujet concerné…

— Mais… mais…, balbutia Grumson, mais comment sais-tu cela?

— Je suis en train d'étudier le grimoire d'une ancienne et très puissante sorcière nommée Baya Gaya et dont les sphères de pouvoir étaient le poison, la maladie, la transmutation, l'alchimie et la démonologie. Parmi ses ratures, ses tergiversations, ses bonnes et mauvaises formules ainsi que ses exercices, j'ai découvert des écrits très intéressants sur le contrôle des démons. La sorcière y explique clairement la marche à suivre pour tirer avantage, autant que possible, d'un mauvais génie comme vous!

— Oh! oh! fit à voix basse Grumson, désespéré à l'idée d'être assujetti à une nécromancienne. Mais cela ne te donne quand même pas le droit de me donner des ordres!

– Oh, que si! Maintenant, j'ai le droit, lui répondit Lolya qui avait du mal à dissimuler sa satisfaction. Imaginez-vous donc, j'ai acheté votre contrat à Amos et à Béorf. Ils me l'ont vendu en échange d'un baiser sur la joue chacun! C'est amusant, n'est-ce pas?

– Ooooh non!... Tout, mais pas ça! se lamenta le démon.

– Voilà, regardez, ajouta la jeune sorcière en lui montrant le contrat. Il est maintenant ma propriété. Par ailleurs, selon les notes de Baya Gaya, les démons peuvent prendre soit une forme humaine, soit une forme animale, est-ce exact?

– Oui…, soupira Grumson, pris au piège, oui, c'est bien vrai, maîtresse…

– Je sais que votre apparence humaine est à l'image de vos vices et de vos défauts, mais qu'en est-il au juste de votre aspect animal?

– Il est aussi lié à ma personnalité, se contenta de répondre l'homme, complètement effondré.

– Alors, à partir de maintenant, proclama Lolya en appuyant sur chaque mot, vous vivrez sous votre forme animale et vous m'obéirez au doigt et à l'œil!

Afin de ne pas attirer l'attention de l'équipage sur la bête que Grumson était sur le point de devenir, Lolya jeta un œil autour d'elle pour s'assurer que personne ne les observait, puis elle ordonna:

– Exécution, Grumson!

Le vieil homme en furie serra les dents et se métamorphosa en bête puante. Lolya se pencha et lui passa autour du cou un collier avec une laisse.

– Je me doutais bien, fit-elle, que vous seriez bien plus mignon en animal! Au pied maintenant et interdiction de lever la queue!

Grumson était vraiment tombé très bas!

13

La négociante

Un peu moins de deux semaines suffirent au cortège naval pour atteindre les Salines. Durant le voyage, plusieurs navires subirent des attaques isolées de barbares. Ceux-ci, décochant des salves de flèches à partir de la rive, ne réussirent qu'à faire quelques égratignures aux bateaux.

Pendant le trajet, Béorf se reposa beaucoup et, grâce aux soins attentifs de Lolya, il se remit vite de ses blessures. La jeune Noire lui faisait boire des litres de potions à la texture et au goût différents, mais toutes plus horribles les unes que les autres. Ces préparations dogons aidèrent considérablement le gros garçon à se rétablir, ne serait-ce que parce qu'il était bien déterminé à arrêter le plus vite possible d'ingurgiter les jus dégoûtants de son amie.

Quant à Médousa, elle passa beaucoup de temps à parler à Ourm le Serpent rouge de la culture gorgone. Le roi était très curieux, car il n'avait jamais vu de créature comme elle. Tout au long du voyage, il lui posa quantité de questions. La jeune fille lui décrivit la façon dont vivaient ses semblables, où elles habitaient et comment elle-même avait été soumise à la volonté d'un sorcier nagas et s'était retrouvée à Bratel-la-Grande. Lorsqu'elle lui révéla que les êtres de son espèce étaient dotés du pouvoir de pétrification, le roi lui proposa de joindre son armée. Avec cette fille comme arme secrète, il pourrait s'emparer facilement des territoires ennemis et les annexer à son royaume. La gorgone déclina poliment l'offre du monarque en regrettant que les humains, à l'image des gorgones, ne soient pas des créatures de paix et d'harmonie. Ourm, exalté par la quête du pouvoir, en désirait toujours davantage et cherchait constamment des moyens de l'étendre. Autrement dit, le roi s'intéressait à elle non pas pour ce qu'elle était, mais plutôt pour ce qu'il pouvait en tirer ! Médousa comprit que ses seuls vrais amis étaient Béorf, Amos et Lolya.

De son côté, Amos essaya de découvrir les nouveaux pouvoirs que lui offrait le masque de la terre. Durant les courtes escales que fit le cortège de drakkars, il tenta de crevasser le sol, de le modeler selon sa volonté et de briser des rochers à l'aide de la magie. Mais rien ne se produisit! Le porteur de masques parvint tout juste à lever un peu de poussière! De frustration en frustration, le garçon en vint même à se demander s'il avait réellement intégré le nouveau masque. Peut-être bien que Mékus lui avait menti. Mais pourquoi aurait-il fait une chose pareille?

Un matin, très tôt, Nérée Goule annonça:

– ATTENTION! LES SALINES DEVANT! ARRÊTEZ LES NAVIRES!

– Que se passe-t-il? demanda Amos en se présentant sur le pont, les yeux encore remplis de sommeil. Nous ne pouvons pas continuer?

– Regarde par toi-même! lui répondit Nérée en lui montrant le fleuve, à l'avant de *La Mangouste*.

Un monumental portail de bois s'élevait devant eux et bloquait complètement le Volf. Les énormes portes, faites de poutres renforcées de fer, étaient rattachées à deux gigantesques tours de garde.

– WOW! s'écria Amos, impressionné par la taille du bâtiment. Mais comment allons-nous passer de l'autre côté?

– Sauf exception, il est interdit d'entrer dans le royaume des Salines. Les grissauniers préservent jalousement le secret de la récolte du sel et, en principe, personne n'est autorisé à passer ces portes. Ils nous enverront plutôt un négociant pour s'informer de la quantité de sel que nous voulons acheter.

— Mais… mais nous ne sommes pas ici pour acheter du sel! Nous voulons seulement poursuivre notre route sur le Volf pour nous rendre à la mer Sombre!

— Oui, je sais bien…, soupira Nérée. Il faudra négocier votre passage. Ne désespère pas, il arrive parfois que les grissauniers autorisent des bateaux à traverser leur territoire. Cependant, j'ai entendu dire qu'ils bandent les yeux de l'équipage et se chargent eux-mêmes de conduire le navire à l'autre porte, du côté est. Il semblerait que jamais personne n'ait vu quoi que ce soit à l'intérieur de ce royaume. Tu vois, Amos, ces murs qui partent des tours de garde?

— Oui, bien sûr que je les vois, répondit-il sans enthousiasme, attristé qu'il était de ne pas pouvoir visiter les Salines comme il l'avait espéré.

— Eh bien, ils font le tour du royaume! Ils protègent les grissauniers du regard des curieux, mais les retiennent également prisonniers. Tu ne verras jamais un de ces petits êtres à l'extérieur de cette enceinte. Si jamais l'un d'entre eux, à l'exception des négociants et des débardeurs, était trouvé ne serait-ce qu'à un mètre en dehors du royaume, on l'exécuterait sur-le-champ!

166

— Mais pourquoi sont-ils aussi sévères? demanda Amos, intrigué.

— Pour garder leur secret, par Thor! s'exclama Nérée. Imagine qu'un grissaunier quitte les Salines, qu'il se fasse capturer et qu'il révèle, sous la torture peut-être, le secret de la récolte du sel! C'est tout leur commerce qui s'écroule! Le roi des Salines ne peut courir ce risque. Toute leur économie dépend de leur secret.

À ce moment, la longue plainte d'un cor de chasse résonna sur le Volf.

— C'est un négociant qui arrive! annonça la grosse femme à l'intention des autres passagers et de l'équipage.

Au bas des gigantesques portes, une petite trappe s'ouvrit pour laisser passer une minuscule chaloupe qui ne mit que quelques instants à atteindre *La Mangouste*. On hissa le négociant sur le bateau à l'aide de l'échelle de corde. Une fois qu'il fut à bord, on se rendit compte que le négociant était en fait… une négociante. Une petite bonne femme d'à peine un mètre de haut s'inclina devant Ourm le Serpent rouge qui était allé au-devant d'elle. Elle s'exprima, presque sans accent, dans la langue nordique:

— Bienvenue aux Salines! Je me présente: je suis Annax Crisnax Gilnax et je serai votre négociante.

– Heureux de faire votre connaissance! Je suis Ourm le Serpent rouge, roi des Vikings de l'Est.

Annax portait de jolis vêtements en lin de couleur sombre, et un léger foulard lui couvrait la tête et les épaules. Sa peau était grise et ses yeux, d'un vert profond. Mu par une sorte de tic nerveux, son petit nez s'agita, puis elle s'adressa de nouveau au roi:

– Nous connaissons bien votre peuple car, comme vous le savez, nous faisons régulièrement affaire avec vos commerçants. Par voie terrestre ou maritime, vous êtes les bienvenus!

– Merci, je vous en suis reconnaissant. Cependant, sachez qu'avec mes hommes, j'ai escorté ce navire jusque chez vous, après quoi il devra traverser votre royaume pour se rendre à la mer Sombre. D'ailleurs, je vous présente Béorf Bromanson, jeune capitaine de ce drakkar. Sera-t-il possible de leur accorder votre autorisation?

– Et… c'est tout? demanda la négociante, surprise.

– Non, bien entendu, la rassura tout de suite le roi qui avait parfaitement compris le message de son interlocutrice. Nous profiterons de l'occasion pour remplir de sel quelques-uns de nos drakkars avant de retourner chez nous!

— Très bien, très bien, fit Annax avec un sourire de satisfaction. Commençons par passer les commandes de sel et après nous verrons ce que nous pouvons faire pour vos amis. Mettons-nous au travail!

Lorsque les négociations avec Ourm furent terminées, Annax fit savoir au capitaine Bromanson qu'elle désirait le revoir pour régler la question du passage de *La Mangouste* à travers les Salines. Béorf demanda à Amos de l'accompagner.

— Ainsi, monsieur Bromanson, vous désirez traverser le royaume des grissauniers? lança sans autre préambule la petite créature.

— C'est exact, mais je préférerais que vous traitiez l'affaire avec mon assistant que voici, Amos Daragon.

— Enchanté, fit le porteur de masques en lui tendant la main.

— Tout le plaisir est pour moi, répondit Annax en lui serrant vigoureusement la pince. Voilà! J'ai une proposition à vous faire.

— Je vous écoute…

— Bien, continua-t-elle à voix basse. Je vous aiderai personnellement à traverser le royaume si vous acceptez d'emporter à bord de votre bateau une cargaison… disons… spéciale.

— De quoi s'agit-il? demanda Amos en baissant le ton à son tour.

— Je ne peux vous le dire et n'insistez pas, répliqua sèchement Annax. C'est à prendre ou à laisser. Si vous acceptez, nous chargerons discrètement votre navire en même temps que ceux de votre roi et personne ne s'en apercevra. Vous devrez transporter la marchandise jusqu'au grand marché sur les bords de la mer Sombre. C'est tout ce que je vous demande! Je prendrai à ma charge les frais liés au passage de votre bateau à travers les Salines. Je prélèverai le montant requis sur l'argent que votre roi m'a versé pour son chargement de sel.

Amos jeta un coup d'œil à Béorf qui, ne sachant trop que penser, préféra garder le silence.

— Et si nous refusons? demanda le porteur de masques, un peu embarrassé de poser une telle question.

— Votre bateau restera de ce côté, affirma Annax sur un ton qui ne laissait pas place à la discussion. Vous pourrez toujours essayer d'atteindre la mer Sombre à pied, ce que je vous déconseille vivement!

— Et si, pendant que nous traversons votre royaume, quelqu'un s'apercevait que nous transportons cette cargaison spéciale? s'informa le garçon pour tenter d'évaluer le risque de l'entreprise.

– Je serais exécutée sur-le-champ ct la cargaison serait saisie. Vous, par contre, on vous laisserait partir sans la moindre accusation ni condamnation, lui assura la grissaunière. Nous ne punissons jamais les étrangers lorsqu'ils ont été impliqués dans nos affaires internes. Cela pourrait créer des conflits avec nos clients. Nous sommes une race de commerçants et le maintien de l'harmonie avec nos acheteurs est primordial.

– Très bien, nous acceptons, finit par dire Amos en haussant les épaules. Finalement, nous courons très peu de risques…

– Aucun risque, souligna Annax en appuyant sur les mots. Nous chargerons le sel d'Ourm ce soir. En attendant, je compte sur vous pour libérer de l'espace sur votre drakkar.

***

À la tombée du jour, les gigantesques portes du royaume des Salines s'ouvrirent pour laisser sortir un long bateau à fond plat rempli de jarres de sel. Obéissant aux ordres d'Annax, les débardeurs grissauniers commencèrent à charger la précieuse marchandise sur les différents navires d'Ourm.

Au sommet des tours de garde, des dizaines de petits soldats, arbalète à l'épaule, surveillaient attentivement les opérations. Les yeux braqués sur leurs semblables, les vigiles devaient prévenir toute évasion ou même un éventuel enlèvement. Les ordres étaient clairs : tirer au moindre mouvement suspect !

À l'aide des cordes d'amarrage, Amos passa, non sans peine, de drakkar en drakkar afin d'atteindre le bateau d'Annax sans se faire remarquer. L'air de rien, il alla rejoindre la négociante dès qu'il l'aperçut.

— Le transbordement est presque terminé et *La Mangouste* est toujours vide ! Est-ce que notre entente tient toujours ?

— Malheureusement non, chuchota la négociante en jetant des coups d'œil furtifs autour d'elle. Je ne m'attendais pas à ce qu'il y ait autant de soldats ce soir. Ils se doutent de quelque chose, c'est sûr ! De plus, comme la nuit est claire, nous ne pourrons rien mettre sur votre bateau sans courir le risque de nous faire prendre. Ces tireurs ont l'œil vif et les réflexes aiguisés.

— Et si vous me disiez ce que vous voulez que nous transportions, peut-être pourrions-nous vous aider ?

Annax prit quelques secondes pour réfléchir à la proposition d'Amos. Elle savait que les tireurs, dans les tours de garde, scrutaient chacun de ses mouvements et qu'ils n'hésiteraient pas à la tuer s'ils croyaient qu'elle complotait avec Amos. La grissaunière eut alors l'idée de faire semblant de se fâcher contre le garçon. Elle lui fit un clin d'œil avant de se mettre à crier :

— Non, jeune homme, je ne peux rien vous dire sur la façon dont nous récoltons le sel ! Je ne sais pas de quelle lointaine contrée vous venez pour ignorer que vous manquez gravement de respect à un grissaunier en le harcelant de questions comme vous le faites !

Dans son agitation feinte, Annax fit exprès de laisser tomber son petit sac qu'elle avait bien pris soin d'ouvrir discrètement au préalable. Dès que le sac heurta le sol, toutes les fioles de sel qu'il contenait roulèrent sur le pont du bateau. La négociante s'agenouilla aussitôt pour les ramasser. Jouant le jeu, Amos s'empressa de se mettre à quatre pattes à côté d'elle pour l'aider. La grissaunière murmura alors :

— Je dois absolument faire sortir mes compagnons de ce royaume ! Ils sont ici, dans l'eau, plaqués contre ce navire et attendent le moment propice pour nager jusqu'à votre drakkar…

— Je comprends et nous trouverons une solution, répondit Amos à voix basse. Faites-leur signe de se diriger vers *La Mangouste* dès que je vous en donnerai l'ordre.

Une fois toutes les fioles ramassées, le garçon se releva, puis, prenant un air penaud, il pria la négociante de pardonner son impertinence avant de retourner, la tête basse, à son drakkar. Là, il informa Béorf, Médousa et Lolya de la promesse qu'il venait de faire à Annax.

– Nous devons aider des grissauniers à s'évader?! dit Béorf, tout étonné d'apprendre ce que contenait la «cargaison spéciale». Au-delà de l'interdiction du royaume, je croyais que, de toute façon, ces gens ne voulaient pas mettre le nez en dehors des Salines!

– J'ai l'impression que certains d'entre eux souhaitent ardemment partir, mais comme leur armée les en empêche…, pensa à voix haute Amos. Bon, les amis, si nous faisions une petite manœuvre de diversion?…

– Hum…, fit Lolya, j'ai une bête puante qui pourrait peut-être nous rendre service!

La jeune sorcière alla chercher Grumson qui était couché dans un baril vide et revint avec l'animal au bout de sa laisse.

– Bonne idée! s'exclama Amos en devinant la stratégie de son amie.

– Mais qu'allez-vous faire? demanda Béorf, incertain.

– Je ne vois pas non plus où vous voulez en venir, ajouta Médousa.

En retenant un fou rire, Lolya ordonna à Grumson de libérer son moyen de défense. Elle savait que les mouffettes pouvaient projeter, à plusieurs mètres de distance, un liquide nauséabond que sécrètent leurs glandes anales. D'une grande docilité, Grumson s'exécuta et arrosa généreusement le mât de *La Mangouste*. Une odeur irrespirable envahit aussitôt le bateau.

– Félicitations! Bon plan! grogna Béorf en se bouchant le nez. Ce sont les tours de garde qu'il aurait fallu arroser, pas nous!

– Vos désirs sont des ordres, cher ami, répondit Amos, prêt à intervenir pour se débarrasser de l'horrible puanteur.

Utilisant ses pouvoirs sur l'eau, le porteur de masques forma avec la sécrétion malodorante de Grumson une petite boule de liquide bien ronde. Il se concentra ensuite pour produire un fort coup de vent qui propulsa la bombe puante en direction des tours de garde. La petite boule explosa en une fine bruine juste au-dessus des grandes portes et aspergea, comme une rosée empoisonnée, l'armée des arbalétriers grissauniers.

On entendit alors une clameur de dégoût s'élever des deux tours. Amos fabriqua vite une sphère magique de communication et y enferma un message pour Annax. Il lança la sphère dans les airs et, dans la seconde qui suivit, la voix du porteur de masques atteignit les oreilles de la négociante qui se trouvait toujours sur son bateau :

– Maintenant ! C'est maintenant qu'il faut m'envoyer vos compagnons.

Sans hésiter et sans se poser de questions, la rebelle donna trois coups de talon qui résonnèrent jusqu'au fond du navire et cinq grissauniers partirent à la nage en direction de *La Mangouste*.

Dans les tours de garde, le chaos avait remplacé l'ordre et la discipline. Les arbalétriers couraient dans tous les sens pour trouver une bouffée d'air frais.

Béorf en profita pour jeter l'échelle de corde par-dessus le bastingage, et les grissauniers montèrent à bord. Médousa et Lolya les camouflèrent grossièrement sans qu'aucun garde ne remarque quoi que ce soit. Même les débardeurs et les Vikings n'y avaient vu que du feu. La manœuvre de diversion avait été rondement menée et l'objectif d'Annax était atteint.

14

L'histoire de Grumson

Cette nuit-là, alors qu'Amos et Béorf discutaient à mi-voix du meilleur endroit pour cacher leurs passagers clandestins dans le bateau, Lolya était plongée dans l'étude approfondie du grimoire de Baya Gaya. Elle cherchait le moyen de faire parler Grumson, pour en découvrir davantage sur lui. Pour une nécromancienne, ce démon était une merveilleuse porte ouverte sur d'autres mondes, sur une réalité encore inconnue pour elle et qu'il lui fallait absolument explorer.

En cherchant bien, la jeune Noire réussit à découvrir le sens caché de plusieurs formules et apprit la façon d'obliger un démon à raconter son passé. Selon les notes de l'ancienne sorcière, il fallait jeter une pincée de sel pur sur la tête du démon après lui avoir recouvert les pieds de terre provenant d'un cimetière. Cette recette l'obligerait à raconter comment il était devenu démon.

Toujours selon l'ouvrage de Baya Gaya, Grumson aurait été de la race des alrunes. Ces démons étaient d'anciens hommes malfaisants ayant subi une damnation éternelle, mais qui avaient acquis, par la puissance de leur vice, le droit de devenir serviteur.

Lolya suivit toutes les étapes décrites par Baya Gaya et, en utilisant la terre du cimetière de ses ancêtres, dont elle gardait toujours une petite provision dans ses affaires car il s'agissait d'un ingrédient indispensable à la magie nécromancienne, elle obligea la mouffette à dévoiler son histoire. Amos, Béorf et Médousa furent également les auditeurs privilégiés du terrible récit de Grumson:

— Ma femme et moi tenions une auberge près d'une grande rivière, dans un pays qui vous est inconnu et dont le nom ne vous dirait rien de toute façon. Comme notre établissement était le seul endroit où pouvaient manger et dormir les voyageurs qui traversaient le pays, nous sommes rapidement devenus riches. Seulement, notre avarice a augmenté aussi vite que notre fortune et, bientôt, nous avons dû prendre une décision difficile.

Les adolescents, blottis les uns contre les autres et les yeux rivés sur Grumson, écoutaient attentivement la narration forcée de la bête. Quelques chandelles illuminaient le petit groupe, ce qui créait une ambiance qui se prêtait parfaitement aux confessions du démon.

– Nous avions un fils et je lui répétais souvent: «Économise, mon garçon, économise! La pièce qui est dans ta bourse n'est pas dans celle du voisin! Pièce après pièce, tu deviendras riche! Le plus riche! Un homme fortuné est un homme respecté! L'argent, c'est le pouvoir, mon garçon!»

Venant de Grumson, une telle déclaration n'avait rien de surprenant. Pendant un moment, Amos le prit en pitié. L'argent était une façon pratique d'échanger des biens et des services, mais il ne représentait nullement une fin en soi comme semblait le croire Grumson.

– Quand il a eu quatorze ans, continua Grumson, ma femme et moi avons mis notre fils à la porte. Nous trouvions qu'il mangeait trop et nous n'aimions pas le voir évoluer autour de notre fortune. Il aurait pu nous voler! Qui sait? Il fallait prendre nos précautions, d'autant plus qu'une autre auberge venait d'ouvrir non loin de la nôtre et que nous avions désormais de la concurrence. En prenant bien soin de lui retirer ses économies, je l'ai chassé en lui disant qu'il ne devait pas revenir à la maison, à moins d'avoir les poches bien pleines et quelques bourses bien remplies à la ceinture.

– Que c'est cruel! s'exclama Médousa, consternée par la méchanceté dont peuvent parfois faire preuve les humains.

– Tu penses que je suis devenu un démon en donnant des sucreries aux enfants dans la misère, petite idiote? répondit l'animal, furieux d'être le prisonnier de quatre gamins.

– Calmez-vous, restez poli et poursuivez votre récit! le réprimanda Lolya.

– Pardonnez-moi, mademoiselle la gorgone! cracha amèrement Grumson avant de poursuivre. Les années ont passé et l'auberge est devenue de moins en moins fréquentée. Plusieurs années de vache maigre ont complètement épuisé nos économies. La nouvelle auberge nous avait ruinés! Nous avions perdu toute notre clientèle et plus personne ne venait chez nous. Puis…

Le démon fit une pause. On aurait dit que ses petits yeux de mouffette étaient traversés par une expression de tristesse. Les adolescents sentirent alors tout le remords et la honte qui pesaient sur l'âme déchirée de Grumson.

– Puis…, continua-t-il après s'être raclé la gorge, puis, par une nuit noire, sans lune et sans étoiles, on a frappé à notre porte. J'avais beaucoup vieilli et c'est en me traînant que je suis allé ouvrir. Devant moi, il y avait un bel homme, tout de noir vêtu, qui a demandé à passer la nuit à l'auberge. Le premier client depuis un mois! Enfin, il allait y avoir un peu d'argent dans ma bourse! Je l'ai installé à une table et ma femme lui a servi un repas, malgré l'heure tardive. Alors qu'il mangeait du bout des lèvres ses fayots, j'ai remarqué qu'il n'avait pas de bagages, juste un vieux sac rempli de cailloux.

— Et ces cailloux, demanda Béorf, captivé par l'histoire, c'était de l'or, n'est-ce pas?

— Exactement! fit Grumson, agacé par cette interruption. Pour payer son repas et sa chambre, l'étrange homme m'a donné une grosse pépite d'or qu'il avait sortie de son sac et il est monté dormir au premier. De l'or! De l'or! Un gros sac plein d'or! Je n'en avais jamais vu autant de toute ma vie. Il me fallait mettre la main là-dessus! Visiblement, cet homme était à pied, il n'avait pas de cheval. C'était un voyageur inconnu... un prospecteur qui avait fait fortune! N'importe qui aurait pu le voler ou le tuer pour une pareille montagne d'or. Je me suis dit qu'il valait mieux ne pas prendre le risque de le laisser partir... Je l'ai... comment dire?... je l'ai...

— Vous l'avez assassiné pour le voler ensuite, termina Amos qui avait deviné le dénouement de l'histoire.

– C'est cela, admit Grumson, presque sans voix. Je suis monté à sa chambre et je l'ai égorgé avec un couteau de cuisine. Puis j'ai jeté le corps dans la rivière après l'avoir bien lesté pour qu'il ne remonte pas à la surface. Deux jours après, alors que l'or était en sécurité et que toutes les traces de mon crime avaient été effacées, le cocher du fiacre qui m'amenait parfois des citadins en vacances m'a demandé ce que cela me faisait de revoir mon fils après son exil de vingt ans. Mon garçon était entré incognito dans l'auberge. Sans le savoir, j'avais assassiné mon propre fils pour lui voler son or…

Un lourd silence tomba sur *La Mangouste*. Les adolescents demeurèrent muets et la mouffette acheva son récit :

– Ma femme, inconsolable, est allée se jeter dans la rivière, tombeau de notre fils, et s'y est noyée. Je suis resté seul à compter ma fortune pour l'éternité. Une partie de moi est demeurée dans l'auberge et compte, compte encore son argent, toujours et sans relâche ! Chaque pièce que je trouve est envoyée à ce spectre, mon double ! Chaque sou qui tombe dans ma main disparaît pour aller grossir son trésor, pour aller grossir mon trésor ! MON TRÉSOR ! J'ai besoin de pièces pour nourrir mon vice ! Voilà, chère maîtresse, l'histoire du démon qui vous sert…

– Et tous les démons cachent des histoires aussi horribles que celle-là ? demanda Lolya.

– Il y en a de pires encore ! Et c'est le poids de la honte qui transforme les humains en démons. Bon ! vous m'avez obligé à parler… j'espère que votre curiosité a été satisfaite ! lança Grumson qui avait hâte de passer à autre chose.

– Eh bien ! soupira la jeune Noire, je vois que vous avez beaucoup souffert et je n'en rajouterai pas.

Sur ces mots, elle sortit de sa poche le contrat passé avec Grumson, se leva et le tendit vers la flamme d'une bougie.

– NON ! ne le brûlez pas ! s'écria le vieil avare en reprenant son apparence humaine. Si vous me libérez, j'aurai une dette envers vous et JE DÉTESTE AVOIR DES DETTES ! JE DÉTESTE ÇA ! JE NE LE SUPPORTERAI PAS !

– Malheureusement, c'est le seul moyen que j'ai trouvé pour me débarrasser de vous, cher Grumson, lui répondit calmement Lolya. Selon vos lois, un démon peut se venger d'un ancien maître lorsque son contrat prend fin, à moins qu'il n'ait une dette envers le maître en question. Comme je vous libère à cause d'un noble sentiment, la pitié, vous ne pourrez pas vous retourner contre moi. Je vous rends votre liberté, tout comme Amos et Béorf ont libéré vos fils !

Puis elle mit le feu au contrat.

– Non, non, s'il vous plaît, non! implora Grumson. Comme je n'ai plus rien à faire dans votre monde et que j'ai raté la mission qu'on m'avait confiée, je devrai rentrer dans les abysses et affronter mon maître… S'il vous plaît! signons un nouveau contrat… Je vous servirai jusqu'à la mort… je servirai vos enfants et les enfants de vos enfants… pour… pour l'éternité! Mais je ne veux pas retourner là-bas! S'il vous plaît, dites quelque chose!

Amos, Béorf, Médousa et Lolya demeurèrent de glace tandis que Grumson se volatilisait progressivement dans l'air frais du soir.

– CESSEZ DE ME REGARDER COMME DES IMBÉCILES ET FAITES QUELQUE CHOSE! hurla le démon, en proie à une folle panique. JE VOUS TUERAI! JE LE JURE, JE ME VENGERAI!

– Vous ne pourrez pas, lui répondit Lolya, indifférente. Je vous souhaite de trouver la paix et je prierai pour l'âme de votre fils et de votre femme.

– SALE PETITE NÉGRESSE! CHIENNE! explosa le démon de sa voix caverneuse et rauque.

– Et rappelez-vous, Grumson, conclut la nécromancienne avec un petit sourire, vous avez une dette envers moi! En tout cas, moi, je ne l'oublierai pas…

– CRÈVE, SALE SCORPION! J'ESPÈRE QUE TU…

Grumson n'eut pas le temps de terminer sa phrase, finissant de se dissoudre en une brume ocre et nauséabonde.

Les cris du démon avaient alerté les passagers des autres drakkars ancrés autour de *La Mangouste*. Plusieurs Vikings s'étaient levés et regardaient tout autour de leur bateau en bâillant. Nérée Goule, qui dormait plus loin sur le navire du roi Ourm où elle s'était déjà installée en prévision du retour à Volfstan, se leva d'un bond et demanda:

– MAIS QU'EST-CE QUI SE PASSE? D'OÙ VIENNENT CES CRIS?

– TOUT VA BIEN, NÉRÉE! C'EST BÉORF! IL A FAIT UN CAUCHEMAR! lui répondit à brûle-pourpoint Amos. NE VOUS INQUIÉTEZ PAS!

– AAAH! TRÈS BIEN! dit Nérée, rassurée. BON, JE RETOURNE ME COUCHER! ALLEZ VOUS RECOUCHER TOUS! DEMAIN, NOUS PARTONS AU LEVER DU SOLEIL.

– Ah, non! Eh bien, merci, Amos, merci beaucoup!… J'ai l'air de quoi, moi, maintenant, en tant que chef de village? maugréa Béorf, vexé de la piètre excuse qu'avait trouvée Amos.

– Moi, je dirais que tu as l'air d'un béorite capable d'affronter une armée de cinq cents barbares, lui lança Médousa pour le taquiner, mais qui fait de vilains petits cauchemars la nuit!

Les quatre amis rirent aux éclats. Cette explosion de joie leur permit d'évacuer, avant d'aller dormir, l'angoisse qu'avait fait naître en eux l'histoire de Grumson.

15

La traversée des Salines

Le soleil s'était à peine levé que nos quatre aventuriers firent leurs adieux à Nérée Goule et à Ourm le Serpent rouge. La chef remercia encore vivement Béorf d'avoir sauvé son village et l'embrassa chaleureusement, puis salua affectueusement Amos, Lolya et Médousa. Elle leur assura qu'ils seraient toujours les bienvenus à Volfstan.

Quant au roi, il tenta encore une fois de convaincre Médousa de quitter ses amis pour joindre sa grande armée. La gorgone refusa de nouveau, feignant d'être touchée par l'attention qu'il lui portait. Déçu, Ourm accepta sa réponse, mais lui assura tout de même que sa porte lui serait toujours ouverte si jamais elle changeait d'avis.

Le cortège de drakkars se mit ensuite en route vers Volfstan, laissant derrière lui les jeunes aventuriers. Bizarrement, personne n'avait demandé ce qu'il était advenu de Grumson et de ses fils. Nérée les avait pourtant vus! N'avait-elle pas elle-même enfoncé son poing dans l'estomac du vieil avare? Le souvenir de Grumson semblait avoir disparu en même temps que lui. Médousa ne se rappelait déjà plus son visage et il avait bien vite quitté les pensées d'Amos et de Béorf. Seule Lolya en gardait une image claire et précise, probablement à cause de la dette laissée en suspens.

Les adolescents étaient encore sur le pont à regarder s'éloigner les majestueux drakkars du roi Ourm lorsque les grandes portes qui donnaient accès au royaume des Salines s'ouvrirent dans un grincement tonitruant, laissant passer trois larges bateaux à fond plat. Une bonne vingtaine d'arbalétriers grissauniers, menés par Annax la négociante, voguèrent jusqu'à *La Mangouste*.

– C'est du sérieux! s'exclama Béorf devant le spectacle.

– Nos passagers sont-ils bien cachés? demanda Amos, un peu inquiet.

– Oui, ne t'en fais pas…, le rassura Béorf. Cette nuit, j'ai trouvé un endroit sûr pour assurer leur transport de l'autre côté des Salines! Personne ne les trouvera!

– En es-tu bien certain? Je ne voudrais pas que nos passagers clandestins se fassent prendre et soient tués par notre faute. Je me sens responsable de leur sécurité…

– Je te dis de ne pas t'en faire, Amos! Tu te souviens de l'aventure avec l'œuf de dragon? Il était bien caché, non?

– Pour ça, oui! Baya Gaya ne l'aurait jamais trouvé!

– Tu parles de ta copine la sorcière ou de la jolie Otarelle? plaisanta le béorite.

– Tu sais que je pourrais enflammer ton fond de culotte en claquant des doigts? répliqua le porteur de masques, un sourire malicieux au coin des lèvres.

– Pardon! Je retire ce que je viens de dire!

– Nous reprendrons cette discussion plus tard, fit Amos en riant. Ils arrivent.

Ce fut Annax qui grimpa la première sur le drakkar.

– Ils vont tout fouiller, murmura-t-elle d'un air affolé à l'oreille d'Amos. Sont-ils bien cachés?

– Ne vous inquiétez pas, Annax. Béorf s'en est occupé et il a un don pour cela!

Cinq arbalétriers montèrent à bord. Le plus petit du groupe s'avança et dit:

– Annax la négociante, ici présente, nous a fait part de votre désir de traverser les Salines pour atteindre la porte de l'est vers la mer Sombre. Qui est le capitaine ici?

— Moi, répondit Béorf.

— Très bien! reprit le grissaunier. Conformément à nos lois, vous avez bien acquitté votre droit de passage. Cette somme d'argent, négociée et déposée par Annax dans les coffres du royaume des Salines, vous confère protection et sécurité en nos terres. Vous devez par contre vous soumettre à la fouille obligatoire de votre navire. Ensuite, nous vous banderons les yeux et amènerons nous-mêmes ce bateau de l'autre côté du royaume. Le voyage durera de quatre à cinq heures. Des questions?

— Et nous ne pourrons rien voir durant tout ce temps? demanda le gros garçon, un peu déçu.

— Absolument rien, assura l'arbalétrier. Le secret de la récolte du sel est une affaire d'État ici. Nous brûlons les yeux et arrachons la langue de ceux ou celles qui tentent de regarder par-dessus bord durant la traversée. Ne faites pas les imbéciles et tout ira bien!

Le petit grissaunier fit alors signe à ses hommes de commencer à inspecter *La Mangouste*. Ces derniers passèrent au peigne fin les barils d'eau potable, les provisions, le dessous et l'avant du drakkar ainsi que la minuscule demi-cale sans trouver quoi que ce soit de suspect. Ils firent ensuite asseoir les adolescents sur le pont, en cercle autour du mât, pour pouvoir les attacher ensemble. Ils recouvrirent leurs yeux d'un large bandeau noir et, sous les ordres de l'arbalétrier en chef, la traversée des Salines débuta.

Annax, un peu déroutée, vint s'asseoir en face d'Amos et demanda :

— Vous êtes bien certain que mes amis sont à bord ?

— Je le suis, répondit-il. J'ai une totale confiance en Béorf pour ce genre de chose.

— C'est que, insista la négociante, ils ont vraiment tout fouillé et je ne vois pas où peuvent bien être mes camarades.

— Chut ! fit le gros garçon, juste à côté. Vous verrez bien plus tard. Ne risquez pas de les compromettre en parlant de cela maintenant. Un garde pourrait vous entendre.

— C'est bien vrai ! admit Annax en s'éloignant.

— Bon ! s'exclama Lolya. Comme le voyage s'annonce long et monotone, quelqu'un peut-il nous raccourcir la route ?

— Raccourcir la route ? demanda Médousa. Mais qu'est-ce que tu veux dire ?

— Chez moi, c'est une expression qu'on utilise pour demander si quelqu'un veut bien raconter une histoire, expliqua la jeune Noire. Lorsque les Dogons font de longs trajets, il y a toujours un bon conteur pour « raccourcir la route ».

– C'est Sartigan ou Junos que nous devrions avoir à bord pour cela ! répondit Amos. Malheureusement, je n'ai pas de bonnes histoires…

– Raconte-nous ce que tu sais sur les fées, demanda Béorf. Tu sais que je n'ai pas été autorisé à entrer dans le bois de Tarkasis et j'aimerais bien en savoir davantage sur ces petites créatures.

– Oh oui, raconte, Amos ! s'écria Médousa. Je n'ai jamais vu de fées. À quoi ressemblent-elles ?

– Il n'est pas facile de les décrire, expliqua Amos. Elles ne sont pas toutes de petites créatures ailées qui virevoltent dans les bois ! Les fées n'ont pas toutes la même apparence, la même taille, ni les mêmes fonctions. Certaines sont invisibles aux yeux des humains, alors que d'autres peuvent prendre des formes animales. En fait, elles adoptent l'apparence qu'elles désirent, mais sont toujours d'une grande beauté. Je n'ai jamais vu une fée qui soit laide ! Selon les légendes du royaume d'Omain, ma terre natale, les fées qui prennent une apparence humaine gardent soit des sabots aux pieds ou des orteils palmés. Elles peuvent aussi conserver leurs oreilles d'elfe, être remarquées à cause de leurs grosses narines ou encore cacher sous leur robe une queue de vache !

Lorsqu'ils entendirent les portes du royaume se refermer derrière *La Mangouste*, les adolescents sursautèrent. C'est à ce moment précis qu'ils prirent conscience de leur totale vulnérabilité. Ainsi ficelés et les yeux bandés, les grissauniers pouvaient les tuer d'un seul coup de couteau. Amos eut alors une terrible envie de se libérer et de retirer son bandeau. Il n'avait qu'à se concentrer pour faire brûler la corde! La voix d'Annax vint alors l'apaiser:

– Je n'avais jamais entendu parler des fées! Je suis désolée d'avoir écouté votre conversation, mais c'était tellement intéressant que je n'ai pas pu m'en empêcher! Les grissauniers ne savent rien des merveilles qui les entourent, des choses qui se passent dans les autres royaumes, des peuples étranges qui peuplent la terre et de leurs coutumes.

– Mais, s'étonna Amos, vous devez bien apprendre quelque chose?

– Oui, nous apprenons à faire du sel! Toute notre vie tourne autour de cette seule et unique chose. Même nos contes parlent du sel!

– Nous cherchions justement quelqu'un pour nous raccourcir la route! lança gaiement Lolya. Racontez-nous une histoire sur le sel!

– D'accord, acquiesça Annax, mais vous devez être indulgents, je ne suis pas une bonne conteuse et, la dernière fois que j'ai entendu cette histoire, j'étais sur les genoux de ma mère!

– Soyez sans crainte, nous sommes un public «captif»! blagua Béorf.

– Cette histoire raconte la création des Salines, commença Annax. Il y a très longtemps de cela, bien avant que l'on érige des murs autour du royaume, vivait en ces terres un grand roi grissaunier. Celui-ci avait une fille qu'il chérissait. Un jour, alors qu'ils se trouvaient tous les deux près du Volf, la princesse goûta l'eau du fleuve et dit à son père: «Je t'aime comme le goût du sel.» Le roi n'apprécia pas cette comparaison et fit jeter son enfant hors du royaume. La jeune grissaunière, seule dans la forêt et effrayée par la nuit tombante, se réfugia au sommet d'un arbre. De là, elle aperçut une lointaine lumière et, prenant son courage à deux mains, descendit de l'arbre et marcha vers elle. La princesse arriva à la porte d'un grand château où vivait le prince du royaume voisin et demanda qu'on l'engage comme servante. C'est ainsi que débuta sa nouvelle vie…

Le bateau s'arrêta net dans un violent mouvement. Les adolescents entendirent quelques cris en langue grissaunière et quelques invectives qui semblaient être des jurons.

– Que se passe-t-il? demanda Amos, inquiet.

– Rien, ce n'est rien, le rassura Annax. Nous venons d'entrer en collision avec un banc de sel. Rien de bien grave. Les bateliers qui conduisent votre drakkar ont mal négocié un passage serré.

– Un banc de sel! s'étonna Béorf. Vous en produisez vraiment beaucoup, alors?

– Juste autour de nous, répondit la négociante, j'en compte dix-neuf! Mais ce n'est qu'une infime partie de ce que nous produisons…

– L'histoire, maintenant! la supplia Médousa. Je veux savoir ce qui arrive à la princesse!

– Oui…, reprit la négociante. Donc, une nouvelle vie de servante commença pour la jeune princesse. Tous les soirs, dans sa misérable petite chambre, la grissaunière regrettait ses beaux habits et ses bijoux. Il ne lui restait qu'une bague, dont l'ornement était un cristal de sel et qu'elle laissa échapper un jour dans la soupe qu'elle était en train de préparer pour le prince. Le sel se mêla au bouillon en lui conférant une saveur unique. Un délice royal! Voulant la féliciter, le prince fit venir devant lui la cuisinière et, dès qu'il croisa son regard, tomba éperdument amoureux de la jeune fille. Il l'épousa et donna une grande fête où furent invités les rois des royaumes voisins.

– Et le roi des Salines? demanda Médousa. N'avait-il jamais regretté son geste?

– Oh si! répondit Annax. Il regrettait amèrement sa décision. Il vivait désormais sans joie, et son moral était au plus bas.

– Bien fait pour lui! affirma la gorgone.

– Pour le repas de noces, reprit la négociante, c'est la grissaunière elle-même qui dirigea les cuisines, et comme personne ne semblait connaître les vertus gustatives du sel, elle en saupoudra toutes les assiettes sauf celle de son père. Les invités se régalèrent. À la fin du repas, la jeune mariée se dirigea vers son père et lui demanda s'il avait bien mangé. Le roi des Salines, habitué au goût du sel, déclara qu'il n'avait jamais rien avalé d'aussi fade et insipide de sa vie. La princesse se pencha alors vers lui, l'embrassa sur la joue et lui murmura à l'oreille: «Avez-vous maintenant compris, père, ce que je voulais dire lorsque je disais vous aimer comme le goût du sel?» Le roi reconnut sa fille et explosa de joie en la serrant longuement dans ses bras. C'est depuis ce jour que les grissauniers chérissent le sel plus que tout au monde, car ils savent qu'il est nécessaire à la vie, comme un enfant à ses parents, qu'il donne aux aliments un goût merveilleux, comme celui que donnent à notre vie les gens que nous aimons, et qu'il conserve les aliments, comme l'amour maintient le cœur jeune.

– C'est une magnifique histoire! complimenta Amos. Et vous êtes une très bonne conteuse.

– Bravo! s'exclamèrent en chœur Béorf, Lolya et Médousa.

La voix sèche d'un arbalétrier résonna soudain:

– Que leur racontez-vous, Annax?

– L'histoire du roi des Salines et de sa fille, répondit gentiment la négociante. Je les aide à passer le temps. De cette façon, ils n'ont pas l'idée de se défaire de leurs liens et de regarder par-dessus bord.

– Très bien, approuva le garde. Vous pouvez continuer!

– Merci, dit Annax.

Puis, se retournant vers les adolescents, elle ajouta:

– Maintenant que les gardes croient que je ne vous raconte que des histoires, parlons de choses sérieuses…

16

La dette du démon

Annax baissa un peu le ton de sa voix et révéla sa véritable identité :

– Je travaille comme négociante mais, en réalité, je suis une faux-saunière. C'est ainsi qu'on appelle les contrebandiers de sel. Je dirige un groupe de rebelles grissauniers qui a pour objectif de faire tomber les murs de ce royaume et de libéraliser le commerce du sel. Nous croyons que le monde aurait avantage à connaître le secret de son extraction des mines et des fleuves, mais, surtout, nous voulons notre liberté ! Nous désirons sortir de ce royaume pour découvrir le monde ! La seule façon pour nous de quitter les Salines, c'est de révéler le secret du sel.

– Je vois, fit Amos. Vous auriez dû nous

raconter cela avant! Vos intentions sont bonnes et votre cause me semble juste!

– Depuis plusieurs années, continua Annax, nous vendons du sel en contrebande. De cette façon, nous amassons des fonds pour notre cause. Nous avons acheté le silence de quelques arbalétriers haut placés et opéré de façon clandestine nos transactions sans jamais nous faire prendre. Lorsque je vous ai vus, j'ai tout de suite su que je pouvais vous faire confiance. C'est la première fois que nous essayons de faire sortir des grissauniers des Salines. Leur tâche est simple: une fois à l'extérieur, ils devront enseigner l'art de la récolte du sel aux gens des royaumes voisins.

– De cette façon, vous priverez les Salines de clients et votre roi sera obligé d'ouvrir ses portes et de rendre la liberté à son peuple.

– Exactement. Cependant, il y a un problème!

– Lequel?

– Je crois qu'il y a des espions dans mes rangs, confia la grissaunière. Beaucoup d'indices me portent à croire que nous avons été trahis et que…

Avant qu'elle n'ait pu terminer sa phrase, *La Mangouste* s'arrêta et une brigade d'arbalétriers monta à bord. Durant les confessions d'Annax, le drakkar avait été accosté en silence par une

autre embarcation. Les adolescents, qui ne pouvaient ni bouger ni voir quoi que ce soit,
entendirent un grissaunier crier:

– Annax Crisnax Gilnax, vous êtes en état
d'arrestation pour haute trahison envers le
peuple des Salines!

Amos saisit d'une main la corde qui le rete-
nait prisonnier et se concentra pour la faire
brûler entre ses doigts. Grâce à sa maîtrise du
feu, il transforma ses ongles en charbons
ardents et les planta dans la fibre. En même
temps, il commanda mentalement au vent de
dissiper la fumée et l'odeur de combustion.

– Haute trahison! s'étonna Annax. Mais que
me reproche-t-on? En mon âme et conscience,
je sais que je n'ai jamais rien fait qui puisse nuire
à mon peuple!

– Taisez-vous! ordonna l'arbalétrier. Nous
avons des preuves!

– Montrez-les alors! lança la négociante,
trop sûre d'elle.

– Sors de ta cachette, espion! cria le garde.

Un son étouffé parvint alors aux oreilles des
passagers. Les passagers clandestins avaient été
enroulés dans la voile et attachés à la barre
transversale du mât. L'un d'eux se débattait dans
la toile en hurlant des mots incompréhensibles.

– Sortez-les de là! commanda l'arbalétrier
en chef.

On déroula la voile et cinq grissauniers tombèrent lourdement sur le pont. L'un d'eux se leva d'un bond et déclara nerveusement:

— C'est moi qui vous ai transmis les informations, je suis de votre côté!

— C'est donc toi, le traître? le nargua le commandant.

— Oui, confirma le délateur, agité. J'étais avec eux, mais plus maintenant! Annax voulait nous faire sortir des Salines afin que nous dévoilions le secret du sel. Les faux-sauniers veulent provoquer la chute du royaume!

— Mais, toi, tu connais bien le secret de la récolte du sel, n'est-ce pas?

— Je sais tout sur le sujet, avoua naïvement le rapporteur. On m'a recruté parce que j'étais chargé des travaux d'extraction de la mine 45-T-2, de l'autre côté des quartiers populaires du centre-nord du royaume. Je voulais sortir du royaume, mais j'ai changé d'idée. Voilà pourquoi je vous ai envoyé un message!

— Tu sais que ce n'est pas beau de trahir les siens, ironisa le commandant.

— Mais… mais… je ne vous ai pas trahis!

— Tu étais prêt à renier ta patrie pour exécuter les plans des faux-sauniers, et voilà maintenant que tu te ravises! Je n'aime pas les indécis et les bavards… Tuez-le!

Une dizaine d'arbalètes décochèrent leurs flèches sur le délateur. Le pauvre grissaunier fut projeté en derrière et s'effondra violemment sur le sol, mort.

Béorf, Lolya et Médousa sentirent la corde qui les enserrait se détendre. Amos, qui avait enfin réussi à la couper, chuchota :

– Maintenant, pendant qu'ils rechargent !

La stratégie du porteur de masques était bonne ; il savait que, à bord du drakkar, les arbalétriers étaient sans défense. Béorf se transforma en ours, arracha son bandeau et bondit sur le petit groupe de soldats. Ses amis se dégagèrent les yeux et Amos évalua rapidement la situation. *La Mangouste* avait été arraisonnée et deux longs navires à fond plat la retenaient de chaque côté. Il devait y avoir une bonne quinzaine de grissauniers, prêts à tirer, sur chacun de ces bateaux. À la poupe, Béorf avait déjà assommé trois des soldats de l'arbalétrier en chef et ceux-ci semblaient débordés !

– Occupez-vous de bâbord, je prends tribord ! lança Amos aux filles. Coupez les cordes qui nous retiennent à leur bateau, je m'occupe de nous sortir de là !

Médousa retira vivement ses lurinettes et sauta, toutes ailes déployées, sur le bastingage de *La Mangouste* en se plaçant face au navire ennemi. Surpris par cette soudaine apparition, les grissauniers la mirent en joue. D'un rapide mouvement de tête, Médousa croisa chacun des regards des arbalétriers. Avant qu'un seul d'entre eux ait pu tirer, ils étaient devenus des statues.

De son côté, Amos eut droit à une volée de carreaux. Deux faux-sauniers furent tués et Annax évita un projectile de justesse. Le porteur de masques cracha dans le fleuve et fit ensuite appel à sa maîtrise de l'eau. Dès qu'elle toucha le Volf, sa salive produisit une petite onde de choc qu'Amos transforma en une forte vague qui frappa le navire adverse. Les arbalétriers, déstabilisés par le soudain mouvement de leur bateau, tombèrent à la renverse sans pouvoir recharger leurs armes.

Quant à Lolya, elle saisit une hache de guerre oubliée sur *La Mangouste* par un des Vikings d'Ourm et trancha les amarres retenant le drakkar aux bateaux grissauniers.

Béorf jetait par-dessus bord son dernier adversaire lorsque Amos fit s'engouffrer une forte bourrasque de vent dans la voile. Le drakkar avança brusquement en laissant derrière lui désordre et confusion. Étant donné que le vent soufflait déjà fortement, le porteur de masques arrêta de se concentrer dès que le bateau fut hors de danger.

Annax et les deux faux-sauniers restants tombèrent à genoux et se prosternèrent devant les adolescents.

– Mais vous êtes des… des êtres divins… des demi-dieux…, balbutia la négociante. Aucun être vivant dans ce monde ne peut avoir de tels pouvoirs!

– Levez-vous! s'écria Amos. Nous ne sommes pas des dieux et n'avons rien à voir avec eux. Dites-nous plutôt ce qui nous attend devant.

– Il n'y a rien! répondit Annax, encore sous le coup de l'émotion. Rien, jusqu'à la grande porte de l'est.

Reprenant sa forme humaine sous les yeux incrédules des faux-sauniers, Béorf déclara:

– Si ce sont des portes semblables à celles que nous avons traversées à l'ouest, il nous sera impossible de les enfoncer. Le drakkar s'y fracassera sans y faire la moindre égratignure.

– Tu as raison, Béorf, répondit Amos, inquiet. Il est évident que nous ne passerons pas facilement ce portail. Ma magie n'est pas encore assez puissante pour…

– Mais, l'interrompit le gros garçon, tu… mais… enfin… tu as vu cela?

Interloqué, Béorf pointait du doigt l'abdomen de son ami. Celui-ci avait un carreau d'arbalète profondément enfoncé dans le ventre. Amos sursauta d'étonnement.

– Euh… je… je ne sens rien ! bafouilla-t-il, J'aurais dû… Je ne comprends pas…

Le béorite empoigna la flèche et la retira d'un coup du corps de son ami. Au lieu d'être couvert de sang, le carreau était enduit d'une épaisse couche de boue.

– Je comprends maintenant comment s'exerce la magie du masque de la terre, dit Amos, satisfait. Il me sert de protection !

– Tu veux dire qu'il est une sorte d'armure ? demanda Béorf, le carreau toujours entre les mains.

– Oui, quelque chose comme ça, supposa le porteur de masques.

– REGARDEZ, cria soudainement Médousa. C'EST EXTRAORDINAIRE !

Les adolescents prirent quelques secondes pour admirer la beauté des Salines. Le paysage avait des allures féeriques. Le Volf coulait au centre de centaines de bassins d'évaporation. L'eau du fleuve était détournée dans des déversoirs qui alimentaient ensuite de larges vasières. La vaporisation provoquée par les rayons du soleil emportait l'eau pour ne laisser que le sel. Entre des montagnes de cristaux blancs, des milliers de grissauniers travaillaient aux différentes étapes de récupération de la précieuse matière.

Annax, encore tout impressionnée par les pouvoirs des adolescents, leur expliqua les différentes tâches des ouvriers. En faisant glisser de grands bâtons munis d'un large embout à la surface de l'eau, certains s'affairaient à récolter la fleur du sel, ainsi appelée en raison de sa délicatesse. D'autres enlevaient la vase des bassins pour façonner des chemins ou remodeler le fond des vasières. On hissait le gros sel près de canaux pour en assurer le chargement dans des bateaux, et de grosses équipes retiraient la boue molle et les algues dans les premiers bassins de décantation. Sur des lieues à la ronde, une véritable fourmilière de petits êtres gris aux grandes oreilles travaillaient d'arrache-pied pour extraire le sel du fleuve.

– Voilà ce qu'est la vie d'un grissaunier moyen, conclut Annax avec émotion. Nous naissons en ce royaume, travaillons toute notre vie aux Salines pour enrichir le roi et mourons sans jamais avoir rien vu de ce monde. Voilà pourquoi nous devons sortir d'ici et travailler, de l'extérieur, à faire tomber les murs qui nous retiennent prisonniers !

Amos pensa à sa mission de porteur de masques qui était de rétablir l'équilibre du monde. Aider Annax dans sa quête de liberté semblait tout à fait en accord avec cette mission. Devant le spectacle qui se déroulait sous ses yeux, Amos pensa à sa mère, prisonnière des Sumériens, et s'inquiéta pour Sartigan.

Souffraient-ils? Étaient-ils encore vivants? Puis le sourire de son père, assassiné par les bonnets-rouges à Berrion, lui revint à l'esprit. Un long moment s'écoula ainsi, dans le silence. Le garçon fut tiré de sa mélancolie par le son agressif d'un cor.

– LES PORTES! s'exclama Béorf. Elles sont là!

Le gigantesque portail de l'est s'élevait au loin devant eux. Les deux tours de garde, de chaque côté des portes, grouillaient de milliers d'arbalétriers.

– Nous ne passerons jamais! s'écria Annax. Les gardes ont probablement déjà été avertis. Ils nous cribleront de flèches!

– Quelqu'un a une idée? demanda Amos en se tournant vers ses amis.

Béorf haussa les épaules en signe de négation. Médousa se gratta la tête, désespérée. Cependant, après quelques secondes de réflexion, Lolya proposa:

– Je ne vois qu'une seule solution: Grumson a une dette envers nous, c'est maintenant qu'il doit nous la payer! Je me plonge vite dans le grimoire de Baya Gaya pendant que toi, Amos, tu gonfles la voile de tout le vent que tu peux! Mettons-nous ensuite à couvert, car je pense, tout comme Annax, qu'il va pleuvoir des flèches!

La jeune nécromancienne se jeta sur son livre et chercha rapidement le rituel adéquat pour invoquer Grumson. Suivant les instructions du grimoire, elle fit un autel de fortune à l'abri du vent en utilisant un petit baril de sucre qu'elle couvrit d'un tissu rouge. Lolya s'entailla un doigt et versa trois gouttes de sang sur le tissu, alluma une petite bougie noire et se saupoudra la tête de poudre de mandragore. Elle cria ensuite à pleins poumons:

– J'invoque la puissance des ténèbres et du mal… Que mes mots soient acheminés dans les abysses et que ma voix soit portée sur les ailes des incubes et des succubes. J'invoque Grumson l'avare et réclame le paiement de ma dette. Qu'il fasse passer ce bateau par la porte du royaume et je le libère du poids de sa créance!

Par les pouvoirs d'Amos, un vent fort gonflait maintenant la voile, et le drakkar avançait à toute allure vers les portes. Béorf, à la barre, s'était couvert d'un bouclier alors que Médousa s'abritait, à la proue du bateau, derrière quelques caisses de nourriture. Annax et ses amis faux-sauniers s'entassaient, quant à eux, dans la minuscule cale. Amos avait préparé un grand baril vide pour s'y réfugier, avec Lolya, dès l'arrivée des premiers projectiles.

– Alors, ça marche? demanda-t-il à la nécromancienne. Grumson ouvrira-t-il les portes?

– Je ne sais pas…, répondit la jeune Noire, hésitante, en recommençant le rituel. J'invoque la puissance des ténèbres et du mal… Que mes mots soient acheminés dans les abysses et que ma voix soit portée sur les ailes des incubes et des succubes. J'invoque Grumson l'avare et réclame le paiement de ma dette ! Qu'il fasse passer ce bateau par la porte du royaume et je le libère du poids de sa créance !

– Nous serons bientôt à portée de tir, constata le porteur de masques. Viens !

– Non ! Je ne suis pas certaine d'avoir été entendue ! Je vais le refaire. C'est trop risqué sinon…

Encore une fois, Lolya répéta l'invocation. Un carreau d'arbalète vint alors se ficher sur son autel, à quelques centimètres devant elle.

– Vite ! cria Amos en commandant au vent une ultime bourrasque.

– Il ne se passe rien ! lança Lolya, affolée. Nous allons nous écraser contre les portes si je ne réussis pas !

Une dizaine de projectiles se plantèrent çà et là, autour des adolescents. La prochaine salve allait être la bonne. Pas de temps à perdre ! Amos courut vers son amie, l'attrapa par la taille et la lança dans le baril. Les carreaux des arbalétriers tombaient maintenant du ciel comme des gouttes d'eau de pluie. Le porteur de masques sauta dans le tonneau de bois et eut à peine le temps de refermer le couvercle que des milliers de flèches s'abattaient sur *La Mangouste*. Un bruit infernal envahit le pont et le bateau trembla sous cette première attaque.

Toujours poussé par le vent d'Amos et piloté par Béorf, le drakkar fonçait directement vers les portes. Le gros garçon eut, pendant quelques secondes, la certitude que sa dernière heure était venue. Ils allaient tous mourir, fracassés contre l'infranchissable portail grissaunier.

Un miracle se produisit alors. Les eaux du fleuve s'ouvrirent juste devant *La Mangouste*, et le navire glissa sous les gigantesques portes. Béorf hurla de joie lorsque son bateau ressortit intact de l'autre côté.

– YAHOUUUUUU! NOUS SOMMES PASSÉS! NOUS AVONS RÉUSSI!

Amos, Lolya, Médousa, Annax et ses deux camarades sortirent de leur cachette. Le porteur de masques commanda un autre coup de vent pour que le drakkar s'éloigne le plus rapidement possible des Salines.

– Nous devrions appeler ce bateau *Le Hérisson* au lieu de *La Mangouste*, dit Médousa en constatant l'état des lieux.

Il y avait des carreaux plantés partout sur le pont, le bastingage, le mât, la figure de proue, partout! Impossible de marcher sans trébucher sur une flèche.

– Remercions Grumson de son aide si vous le voulez bien, déclara Lolya, soulagée. Sans lui, nous n'aurions jamais pu passer ce portail!

– Moi, c'est vous que je remercie…, fit Annax en pleurant de joie. Grâce à votre courage et à votre habileté, mon peuple sera peut-être un jour libéré. Nous sommes les premiers grissauniers libres depuis des centaines d'années. Merci de tout cœur!

– Ne nous remerciez pas pour cela! répliqua Béorf en riant. Réaliser l'impossible, c'est notre quotidien!

L'équipage rigola un bon coup alors que le drakkar glissait silencieusement vers la mer Sombre.

17

Le marché du Volf

Les deux semaines de voyage qui pré-
cédèrent l'arrivée de *La Mangouste* à la mer
Sombre furent de tout repos pour l'équipage.
Les adolescents se lièrent d'amitié avec Annax
et ses compagnons grissauniers. La négociante
était d'une gentillesse et d'une délicatesse peu
commune et ses amis, d'un rare altruisme.

L'équipe fit plusieurs escales pour se
baigner ou explorer les quelques petites îles
rencontrées en chemin. Les provisions de
nourriture et d'eau diminuaient rapidement,
mais Amos ne s'en inquiétait pas. Médousa lui
avait raconté son aventure avec les barbares,
lorsqu'elle avait prétendu être un génie, et
rapporté les informations soutirées aux deux
éclaireurs. Le garçon savait qu'un grand

marché les attendait près de la mer Sombre et qu'il avait encore assez de pièces d'or dans sa bourse pour refaire le plein de provisions.

De par sa profession de négociante, Annax parlait couramment sept langues et trois dialectes. Contrairement à ses compatriotes, elle avait eu la chance de rencontrer des gens de différents peuples et des créatures de toutes sortes. La grissaunière avait appris, en discutant avec des marchands de la mer Sombre, l'origine du nom de la ville d'Arnakech. C'est là, à la source du Volf, que *La Mangouste* allait faire sa dernière escale avant de prendre la mer. Cette magnifique cité marchande avait vu le jour, selon le calendrier du royaume des Salines, au premier siècle avant l'érection des grands murs de protection; ce qui revient à dire qu'elle était assurément très vieille. Son fondateur, un voyageur nomade, avait planté sa tente sur ce territoire désert pour y admirer la splendeur du Volf. Grand amateur de dattes, il en avait mangé d'énormes quantités et en avait négligemment répandu les noyaux autour de son campement. Quelques années plus tard surgissait du désert, à cet endroit précis, une oasis parfaitement habitable. Le nomade, du nom de Youssef Ben Arnakech, était revenu y construire sa maison et avait terminé ses jours en admirant la mer et le fleuve.

En arrivant dans le port, situé juste à la source du Volf et protégé des vagues par une épaisse muraille, les passagers de *La Mangouste* poussèrent des exclamations de ravissement. Arnakech était une ville d'une beauté étonnante. La terre, riche en fer et dont étaient constituées toutes les briques des habitations, colorait la cité de teintes allant du rose pâle au magenta et du pourpre au fuchsia. Toutes les teintes de rouge s'harmonisaient dans une explosion de vie!

– C'est magnifique! lança Béorf, estomaqué.

– Personne ne m'avait jamais parlé de la splendeur de cette ville, dit Annax, éblouie par cette vision.

– Cet endroit a quelque chose de Braha! ajouta Amos sans réfléchir.

– Braha? demanda Lolya, très étonnée. Tu connais la vieille légende de la cité des morts?

– En fait, répondit le porteur de masques, tout aussi surpris que son amie, je ne sais même pas pourquoi j'ai dit cela! Cette phrase est sortie de ma bouche toute seule…

– C'est à Braha que toutes les âmes des défunts se rejoignent et passent en jugement, expliqua Lolya. C'est un vieux mythe auquel plus personne ne croit!

– Je ne sais pourquoi ce nom m'est familier. Cela vient sans doute d'une histoire de Junos ou d'une parabole de Sartigan!

– Sûrement, car, pour se rendre dans cette ville et la visiter, il faut être mort!

La Mangouste accosta le quai. Un jeune garçon costaud à la peau très brune et au regard franc accourut vers le drakkar. Il amarra le navire, déposa une passerelle et accueillit les visiteurs. Il les salua en plusieurs langues et comprit, d'après leur réponse, que les nouveaux arrivants parlaient le nordique.

– Soyez les bienvenus à Arnakech, dit-il. Je m'appelle Koutoubia Ben Guéliz et je suis un des responsables de la section centrale du port. À l'est de ces quais, vous trouverez les bateaux marchands, et toute la partie ouest des docks est réservée par les Sumériens au transport d'esclaves. Je suis là pour vous servir...

Le garçon sourit de toutes ses dents et tendit la main pour recevoir un pourboire. Béorf l'attira contre lui et lui donna une virile accolade.

– Je suis très content de vous connaître, Koutoubia. C'est très agréable d'être ainsi accueilli dans une ville étrangère! Je m'appelle Béorf et voici Amos, Lolya, Médousa, Annax et ses deux amis Olax et Frux. Dites-moi, où pouvons-nous nous restaurer ici?

– Il y a... la... la place Jemaa-Fna, bafouilla le garçon, stupéfait. Je peux vous y accompagner et vous servir de guide! C'est à cet endroit que se trouve le marché. Vous y passerez de bons moments…

– Excusez-moi, interrompit la grissaunière, mais c'est ici que nos chemins se séparent. Nous devons vous quitter et commencer notre travail de libération du peuple des Salines. Je vous remercie pour tout et j'espère de tout cœur que nos chemins se croiseront encore.

Les adolescents firent leurs adieux à leurs amis grissauniers et leur souhaitèrent la meilleure des chances. Médousa et Lolya versèrent quelques larmes alors que les garçons, trop orgueilleux, retinrent les leurs.

– Si vous voulez bien me suivre, dit Koutoubia en quémandant encore un pourboire, je vous amène de ce pas au marché!

– Très bien, se réjouit Amos en ignorant la main tendue du guide. Allons découvrir cette ville!

Avant de quitter *La Mangouste*, le porteur de masques alla chercher sa bourse, la nécromancienne dénicha quelques grands sacs, Médousa cacha soigneusement ses cheveux sous le capuchon de sa cape et Béorf prit le temps d'avaler une petite collation.

– Notre drakkar est en sécurité, ici? demanda Amos à Koutoubia.

– Mais oui, lui certifia le guide, la main toujours tendue. Je me charge personnellement de faire surveiller votre magnifique navire.

– Merci, répondit le jeune garçon en lui serrant amicalement la pince. Vous êtes vraiment un type très bien.

– De rien… de rien, fit Koutoubia en poussant un soupir d'exaspération.

Les jeunes aventuriers ignoraient que tout le monde avait coutume, à Arnakech, d'offrir un bakchich. Ce petit présent était considéré comme un cadeau de bienvenue ou une façon de remercier quelqu'un pour un service rendu. Il constituait une marque d'affection et de respect. Comme il n'avait pas reçu de bakchich de la part des visiteurs, Koutoubia Ben Guéliz croyait leur déplaire et s'efforçait d'être encore plus gentil.

La place du marché s'appelait Jemaa-Fna, ce qui signifiait, en langue nordique, «la réunion des morts». Elle avait ainsi été nommée en mémoire de l'époque où des criminels y étaient exécutés et leur tête, exposée sur un piquet pour servir d'exemple. C'était le centre névralgique de la ville d'Arnakech. Tout le commerce de la cité rose passait par là. Il y avait une multitude de vendeurs de tapis dont carpettes, moquettes et paillassons coloraient les échoppes de mille teintes éclatantes. Des marchands de plateaux en cuivre martelé et à bordure finement ciselée s'égosillaient pour vanter en plusieurs langues la qualité de leur marchandise. Des hommes tannaient des peaux de moutons pendant que leur femme offrait aux passants des vêtements de cuir, des bottes, des sandales et des gants. On y vendait en outre des coffres, des armures et des armes, des dizaines de sacs et de gibecières et quantité d'autres objets de qualité. On pouvait voir également des arracheurs de dents, des charmeurs de serpents, des danseurs traditionnels, des musiciens de foire et des centaines de braseros où grillaient d'énormes morceaux de viande. Un dresseur de singes se donnait en spectacle en même temps qu'un avaleur de sabres. Dans les échoppes, deux vendeurs de poteries se livraient une féroce concurrence pendant que les bijoutiers s'arrachaient le client en faisant l'article de leurs produits. On pouvait tout acheter et tout vendre sur la place Jemaa-Fna: des couvertures de laine aussi bien que des robes légères, des vanneries et des sculptures de bois, des minéraux et des fossiles, de grands couteaux à la pointe recourbée, de magnifiques cottes de mailles, des casques de guerre aux formes hétéroclites et des dizaines et des dizaines d'esclaves. Il y avait aussi des marchands d'herbes magiques, de plantes médicinales et d'autres produits naturels ayant des propriétés curatives.

Lolya était excitée comme une puce.

– Regardez! Mais regardez-moi tous ces ingrédients! Ça, c'est du *fliou*, une herbe qu'on fume lorsqu'on est enrhumé, et ça, du *ghassoul*, une plante fortifiante. Voilà enfin du *khôl* pour traiter les infections des yeux; j'en ai tant cherché! Ici, c'est de l'ambre gris pour calmer la douleur, puis là, le fameux mélange qu'on appelle *Ras el Hannout*, une préparation qui réchauffe tous les organes et qui aide à supporter le froid. Et de la menthe! Regardez-moi ces feuilles comme elles sont belles! Je vous ferai un thé à la menthe ce soir, vous n'en croirez pas vos papilles! Je suis au paradis dans ce marché! Allez, Amos, sors ta bourse, j'ai besoin de faire des réserves pour la suite du voyage!

Le garçon paya sans rechigner, mais dut négocier sec avec le marchand. Cet argent devait leur permettre de se rendre à El-Bab puis de rentrer à Upsgran, et il n'était pas question de faire de folles dépenses. Koutoubia Ben Guéliz les guida vers les échoppes donnant la meilleure qualité au meilleur prix. Il leur offrit même quelques jus de fruits sans jamais recevoir le bakchich tant attendu.

Pour les séduire davantage, Koutoubia leur raconta la célèbre histoire du Puits de l'homme nu. Ce point d'eau, au centre de la place Jemaa-Fna, était devenu célèbre à cause de la naïveté d'un villageois venu acheter une chèvre au marché. Il avait donné toutes ses économies pour acquérir la plus belle bête de tout Arnakech et il en était très fier. Alors qu'il s'en retournait chez lui, un habile voleur avait coupé la bride avec laquelle il traînait l'animal et avait bien vite disparu dans la foule du marché. Affligé par ce malheur, le pauvre homme était venu s'asseoir près du puits et y avait rencontré un citadin encore plus malheureux que lui. L'inconnu lui avait dit qu'il avait laissé échapper dans le puits une bourse contenant cent pièces d'or et qu'il n'y avait personne d'assez courageux dans les alentours pour aller la repêcher. Il offrait la moitié de sa bourse à celui qui plongerait pour la récupérer. Le villageois avait pensé que la chance avait tourné et que, avec cinquante pièces d'or, c'est tout un troupeau qu'il ramènerait chez lui. Rapidement, il s'était déshabillé et avait plongé dans le puits. Il avait eu beau chercher encore et encore, il n'avait rien trouvé. Lorsqu'il était remonté, l'autre avait filé en emportant ses vêtements. Depuis ce jour, ce point d'eau avait été rebaptisé « le Puits de l'homme nu » afin que les habitants se rappellent qu'en affaires, il est facile de perdre sa chemise !

— Ou de se faire déculotter ! renchérit Amos en rigolant.

— N'est-ce pas là une bien belle histoire? demanda Koutoubia, maintenant certain d'avoir enfin son bakchich.

— Oui, très belle! répondit Béorf qui avait encore pris la main du guide en se demandant si la tendre ainsi à tout bout de champ était chez lui une manie.

— Je vous montre autre chose? lança Koutoubia, la paume toujours vide.

— Certainement, fit le porteur de masques. Nous aurions besoin de chameaux ou de dromadaires. Où puis-je en trouver des bons?

— Difficile, ce sera difficile…, murmura le guide. Les Sumériens achètent toutes les bêtes pour le transport de leur matériel. À ce qu'on dit, ils ont entrepris d'élever une gigantesque tour au sud de la mer Sombre. Enfin, pour ce qui est des chameaux ou des dromadaires, je pense connaître quelqu'un qui voudra vendre les siens.

— Nous avons entendu parler de cette tour, intervint Lolya. C'est là que nous allons…

— Mais c'est très dangereux! s'exclama Koutoubia. Les Sumériens sont de sales vautours qui peuvent à tout moment décider de vous capturer, de vous enchaîner et de vous réduire à l'esclavage. Ils n'ont pas touché à Arnakech et à ses environs, mais je vois bien dans leurs yeux qu'ils y pensent. Nous n'avons pas d'armée ici! Toute cette cité est construite sur le commerce et l'échange. Je vous déconseille fortement de vous y rendre…

– Merci de ce conseil, l'interrompit Amos, mais nous n'avons pas beaucoup le choix! Allons voir ces chameaux, si vous le voulez bien!

– Avec grand plaisir, répondit le guide, la main encore vide.

18

La menace d'Amos

La culture est un ensemble de structures sociales, de comportements appris et de façons d'interagir avec les autres dont il est impossible d'expliquer toutes les nuances. Les habitudes de vie des peuples changent selon la région où ils vivent, leur histoire et même leur langue. Les humains vivant près de la mer mangent évidemment plus de poissons que ceux qui habitent dans les montagnes; les nomades qui parcourent les déserts ont une vision du monde différente de celle des Vikings du Nord, et les merriens qui écument les mers n'ont rien en commun avec les luricans de l'île de Freyja. Chaque peuple a sa culture, et chaque contrée possède ses caractéristiques propres. Voilà pourquoi Koutoubia Ben Guéliz, poussé par sa culture de commerçant et non par une vilaine intention malfaisante, décida lui-même de prendre aux adolescents le bakchich tant espéré. Il attendit pour cela le bon moment.

Amos avait réussi, avec l'aide attentionnée de Koutoubia, à trouver deux magnifiques dromadaires. Ces bêtes étaient dans une forme resplendissante et leurs longs poils brun clair dansaient mollement à chacun de leurs pas. Le jeune garçon était très heureux de cet achat, mais surtout très soulagé d'avoir des montures prêtes à prendre la route dès que ses amis et lui arriveraient en territoire sumérien. Un drakkar viking en ces contrées était manifestement trop voyant et Amos avait décidé d'opter pour la discrétion. Il devait parvenir à s'approcher du chantier d'El-Bab sans se faire remarquer pour s'introduire ensuite chez les esclaves afin d'y secourir sa mère et Sartigan. Un sacré programme !

À leur arrivée au bateau, les bras remplis de fruits exotiques, de viandes salées, d'ingrédients de magie et d'autres provisions pour la suite du périple, les voyageurs attachèrent les dromadaires à la proue de *La Mangouste*, et s'installèrent pour la nuit.

– Vous allez déjà vous coucher ? demanda Koutoubia. Mais il est trop tôt pour dormir et j'ai encore une foule de choses à vous montrer !

– Demain ! lança Béorf en bâillant. Je suis crevé…

– Moi aussi, dit Amos en serrant la main de son guide. Je vous remercie beaucoup pour tout ce que vous avez fait pour nous. Si vous êtes libre demain, j'aimerais bien reprendre cette visite. Votre ville est tout à fait fascinante !

Médousa, couchée en boule entre deux sacs de provisions, ronflait déjà.

– Vous voyez, plaisanta le porteur de masques en désignant son amie, nous serons bientôt tous dans cet état !

– À demain alors, fit le guide en jetant un coup d'œil furtif aux dromadaires. Je serai là à la première heure.

– Pas trop tôt, lança Béorf, à moitié endormi. Nous ferons la grasse matinée…

Koutoubia Ben Guéliz fit alors semblant de quitter les abords du drakkar et se cacha sur le quai. Il attendit que les adolescents dorment profondément puis remonta furtivement sur *La Mangouste* pour y voler un des deux dromadaires. Le guide fit silencieusement descendre son butin par la passerelle et quitta vite le port pour prendre la direction du marché. Il avait enfin son bakchich et, tout content, le ramena chez lui en traversant la place Jemaa-Fna sous les compliments de ses amis.

Le lendemain, lorsqu'il ouvrit l'œil, Amos sursauta en s'apercevant qu'il ne lui restait plus qu'un dromadaire. Il réveilla précipitamment ses amis.

– Debout! Allez, debout! Une de nos bêtes s'est échappée durant la nuit et il faut la rattraper!

Lolya et Médousa se levèrent d'un bond et commencèrent, avec Amos, à inspecter les alentours. Béorf, quant à lui, mit une bonne demi-heure à se réveiller et à comprendre l'agitation de ses amis.

– Il est de plus en plus évident pour moi, dit Amos, qu'on nous a volé notre dromadaire!

– Volé!? s'étonna Béorf.

– Oui, volé! J'avais solidement attaché la bride de chaque animal au mât et rien n'indique que celui-ci ait rongé la sienne pour s'enfuir. Quelqu'un est monté sur notre drakkar pendant notre sommeil et a dérobé la bête.

– Mais qui? demanda Médousa. Et pourquoi s'est-il emparé d'une seule bête et non pas des deux?

– Je ne sais pas…, répondit le porteur de masques. Peut-être qu'en demandant à Koutoubia…

Au moment même où Amos prononçait son nom, le guide surgit sur le pont du navire.

Il avait un magnifique sourire et paraissait très content de voir les jeunes voyageurs.

– Alors? demanda-t-il. Bien dormi? Fait de beaux rêves? Je vous conduis au marché pour la suite de vos emplettes?

– Oui à toutes vos questions, lança Amos. Aujourd'hui, par contre, il faudra que quelqu'un reste à bord pour surveiller le drakkar, un scélérat nous a volé un dromadaire durant la nuit. Je ne veux pas risquer de perdre l'autre…

– C'est comme vous voulez, répondit Koutoubia d'un ton détaché. Je vous attends sur le quai! Prenez votre temps!

Amos remarqua tout de suite que quelque chose avait changé dans l'attitude de son guide. Celui-ci n'avait pas, comme d'habitude, tendu la main en offrant ses services. De plus, il n'avait pas eu l'air surpris d'apprendre qu'un dromadaire avait disparu pendant la nuit. Le porteur de masques réunit ses amis.

– Je pense que notre voleur est Koutoubia, murmura-t-il.

– Impossible! rétorqua Médousa. Il est beaucoup trop gentil pour nous faire une telle chose!

– Je dois dire, fit Lolya, que je le crois innocent, moi aussi!

– Et toi, Béorf, demanda Amos, qu'est-ce que tu en penses?

— Moi, répondit le gros garçon, je ne comprends pas ce qui t'amène à croire que c'est précisément lui, notre voleur! Il y a beaucoup de marins ici, beaucoup de bateaux et sûrement beaucoup de gens malhonnêtes. Pourquoi lui précisément?

— Eh bien! dit Amos, je ne vous expliquerai pas la nature de mes doutes, mais je vous demande d'entrer dans mon jeu. Je vais lui tendre un piège et s'il est bien notre voleur, le dromadaire réapparaîtra miraculeusement.

— J'ai confiance en toi, affirma Béorf. De toute façon, tes soupçons sont la seule piste que nous puissions suivre…

— C'est bien vrai que nous n'en avons pas d'autres! approuva Lolya.

— Moi, je continue à croire qu'il est innocent, insista Médousa. J'attends que tu me prouves le contraire, Amos.

— Dans ce cas, allons-y et laissez-moi faire! conclut le porteur de masques.

Les quatre amis quittèrent *La Mangouste* pour aller rejoindre Koutoubia sur le quai. Le guide demanda alors:

— Personne ne reste sur le bateau pour surveiller la marchandise?

— Non, répondit Amos, très sûr de lui. À bien y penser, ce n'est pas nécessaire. Lorsque j'ai cherché le dromadaire dans le port ce matin, j'ai dit à tous ceux que j'ai rencontrés que si, demain matin, cet animal ne m'était rendu, je me verrais obligé de faire ce que mon père a fait lorsqu'on lui a volé son mulet ! Avec une telle menace, je sais que personne n'osera plus essayer de nous voler !

Koutoubia eut un moment d'hésitation puis dit :

– Mais... mais qu'allez-vous faire exactement ?

– Je viens de vous le dire. Je vais faire ce que mon père a fait quand on lui a volé son mulet !

– Terrible ! lança Béorf comme s'il connaissait le secret.

– Moi, je ne veux pas voir ça, renchérit Lolya, entrant à son tour dans le jeu. J'ai le cœur trop sensible...

– Eh bien, moi, je suis peut-être sadique, fit Médousa, mais j'aimerais bien assister à cet effrayant spectacle !

Koutoubia Ben Guéliz déglutit.

– C'est vraiment si horrible ? demanda-t-il d'un air faussement détaché.

– Changeons de sujet, Koutoubia ! déclara amicalement Amos. Cela ne vous regarde pas vraiment et je suis désolé de vous avoir fait peur. À moins que... Connaîtriez-vous notre voleur par hasard ?

– Non… non! pas du tout… d'aucune façon… pas le moins du monde! répondit le guide, le front dégoulinant de sueur.

– Dans ce cas, vous ne craignez rien! Allons au marché maintenant! Nous y prendrons notre petit-déjeuner!

Les voyageurs et leur guide s'installèrent dans un petit bouiboui au nord de la place Jemaa-Fna et s'emplirent le ventre de quelques spécialités locales. Béorf dévora une bonne vingtaine de *briouats*, des espèces de petits beignets très frais constitués de feuilles de pâte très fines et farcis de bœuf haché, de saucisse, de poisson ou d'amandes. Amos et Lolya avalèrent une soupe de légumes très consistante et parfumée nommée *harira*. Même Médousa y trouva son compte. Bien qu'elle préférât de loin les insectes vivants, elle tomba la tête la première dans un *ktéfa*. Ce succulent dessert fait de fleurs d'orange, d'amandes et de lait lui plut énormément.

Koutoubia ne mangea rien, prétextant un léger malaise. En réalité, il se faisait du mauvais sang en pensant à cette fameuse menace d'Amos. Le guide avait vite compris que ces jeunes gens étaient spéciaux et qu'ils détenaient, chacun à leur façon, d'extraordinaires pouvoirs. Koutoubia Ben Guéliz entendait résonner dans sa tête: «Je me verrai obligé de faire ce que mon père a fait lorsqu'on lui a volé son mulet!» Cet avertissement l'effrayait au plus haut point en lui nouant l'estomac.

Une heure à peine après ce plantureux petit-déjeuner, Koutoubia s'excusa auprès des visiteurs et demanda son congé. Il leur dit qu'il ne se sentait pas très bien, mais s'assura avant de partir qu'ils connaissaient bien le chemin pour rentrer au port. Puis il disparut rapidement dans la foule.

– Je vous parie que notre dromadaire sera sur le drakkar à notre retour au port, prédit Amos en imitant Lolya. Je ne suis pas nécromancien, mais je vois dans le futur…

– Cesse de te moquer de moi! lança la jeune Noire en serrant les poings, sinon je me transforme en ours! Sérieusement, Amos, tu crois que Koutoubia est notre voleur?

– Je voudrais bien le croire innocent, confia le porteur de masques. Je l'aime bien, moi aussi!

– Je pense maintenant qu'il est coupable, avoua Médousa. Il est devenu tout blanc quand Amos a menacé de faire la même chose que son père s'il ne retrouvait pas son bien! Au fait, c'est quoi, cette fameuse «chose» qu'il a faite?

– Je vous le dirai plus tard! promit Amos. Terminons d'abord nos emplettes…

Ce sont les bras chargés de provisions, de quelques jolies armes et de plusieurs petits souvenirs que les quatre compagnons rentrèrent au port. Comme Amos l'avait prédit, le dromadaire manquant avait repris sa place juste à côté de son semblable.

— C'est incroyable! s'écria Lolya. Tu avais raison, Amos…

— Je n'arrive pas à le croire, fit Médousa, peinée. J'espérais vraiment que tu faisais fausse route en accusant Koutoubia.

— Les intuitions d'Amos sont toujours bonnes! assura Béorf qui connaissait bien son ami. Qu'allons-nous faire de lui maintenant?

— Nous allons lui pardonner et nous conformer aux coutumes de ce pays, répliqua le porteur de masques. Je crois que nous avons brillé par notre impolitesse depuis le début de notre séjour à Arnakech. Je compte bien nous racheter auprès de…

Comme Amos allait prononcer son nom, Koutoubia Ben Guéliz arriva sur le pont de *La Mangouste*. Il dit fièrement:

— J'ai retrouvé votre dromadaire! Il s'était enfui pas très loin. J'ai réussi à le ramener et… nous pouvons maintenant tous dormir en paix et oublier cette malheureuse aventure.

Amos sortit alors sa bourse et donna trois pièces d'or au guide.

– Voici une pièce pour votre gentillesse, une autre pour tout le temps que vous nous avez consacré et une dernière pour votre honnêteté.

Koutoubia avait enfin son bakchich en main! Il sourit de toutes ses dents et remercia Amos et ses amis:

– Que le grand Dieu vous accompagne et vous protège durant votre périple! Vous avez la gratitude éternelle de Koutoubia Ben Guéliz.

– C'est nous qui vous remercions de tout cœur, répondit poliment le garçon.

– Puis-je vous demander quelque chose? demanda le guide.

– Avec plaisir!

– Qu'auriez-vous fait si, comme à votre père, on vous avait véritablement volé votre animal? fit Koutoubia, très curieux.

– Lorsque mon père s'est fait voler son mulet, expliqua Amos, il est retourné au marché, a sorti de nouveau sa bourse et il en a acheté un autre! J'aurais fait exactement la même chose!

Lolya, Médousa et Béorf se retinrent de pouffer de rire. Le guide fit une pause, regarda Amos droit dans les yeux et lança d'un ton amusé:

– Vous êtes un malin, vous!

19

Les esclaves

La place Jemaa-Fna était entourée de souks. Éléments fondamentaux de la vie d'Arnakech, les petites boutiques surchargées et les ateliers qui les composaient s'alignaient les uns à côté des autres dans des labyrinthes de rues étroites. Chaque corporation d'artisans avait son souk. Ainsi, au nord de la place, on trouvait les marchands de soie, juste à côté les vignerons, puis plus à l'est les potiers. Au sud, on pouvait voir les souks des forgerons et des armuriers, et juste derrière, bien caché à l'abri d'anciens murs de fortification, celui des esclaves.

Koutoubia avait prévenu les jeunes voyageurs de ne pas s'approcher de ce lieu malfamé. L'endroit grouillait de barbares, de voleurs, d'assassins et de créatures étranges.

Seuls les Sumériens pouvaient y pénétrer sans risquer leur peau. Comme ils y achetaient beaucoup d'esclaves, les habitants et les commerçants du souk les traitaient avec grand respect.

Malgré le danger, les quatre compagnons décidèrent d'aller y faire un tour. La mère d'Amos et Sartigan avaient sûrement transité par cet endroit avant d'être vendus aux Sumériens. Il y avait peut-être là des indices ou des pistes à trouver, des informations à soutirer à quelqu'un. Il leur fallait tenter leur chance, ne serait-ce que pour voir comment le commerce d'esclaves fonctionnait et qui en tirait les ficelles. Mais comment entrer dans ce lieu?

– J'ai une idée, lança Lolya. Nous arriverons déguisés!

– Déguisés en quoi? demanda Béorf, peu emballé.

– En ce qu'il y a dans ce marché: des esclaves et des vendeurs d'esclaves! répondit la nécromancienne. Grâce à ses oreilles de cristal, Amos prendra l'apparence d'un elfe venu vendre deux de ses prises au marché. Médousa et moi serons enchaînées par le cou et ferons les esclaves. Toi, Béorf, tu te transformeras en ours et seras le compagnon de l'elfe. De cette façon, les brigands qui vivent dans ce souk y penseront à deux fois avant de vous attaquer.

— Et qu'allons-nous faire, essayer de vous vendre? dit le porteur de masques, intéressé par la proposition.

— Oui, confirma Lolya. Tu auras à vendre une jeune princesse noire de la tribu des Dogons et, chose inusitée, une gorgone en chair et en os! Évidemment, tu demanderas beaucoup trop cher et personne ne voudra de nous. Cela nous permettra de faire le tour de l'endroit et de chercher des pistes.

— Et si on m'offre un bon prix, fit Amos pour la taquiner, je peux vous vendre?

— Ne t'en avise pas! le menaça Médousa. Sinon tu auras affaire à moi!

— Très bien, répliqua le garçon en rigolant, j'ai compris le plan! Qu'est-ce que tu en dis, Béorf?

— Je pense que faire l'ours est un rôle très abaissant pour le chef d'Upsgran! se plaignit faussement le béorite. Mais pour cette fois, ça ira! Je me demande pourquoi c'est toujours Amos qui a les meilleurs rôles.

— Parce que je suis un joli garçon! fit le porteur de masques en riant de plus belle. Tu me l'as assez répété depuis l'aventure avec Otarelle, tu devrais t'en souvenir!

— C'est une excellente raison! admit Béorf, hilare.

Suivant le plan de Lolya, les jeunes aventuriers arrivèrent au souk des esclaves. Amos avait enfilé ses oreilles et traînait Béorf en laisse, comme s'il s'agissait d'un chien. Derrière lui, la tête basse et l'air abattu, les deux filles enchaînées suivaient d'un pas lourd. La petite mise en scène semblait parfaite.

Un Sumérien, grand de taille et à la peau très foncée, les aborda immédiatement:

– Vous parlez ma langue, jeune elfe?

Les oreilles d'elfe en cristal qu'avait offertes Gwenfadrille, la reine des fées du bois de Tarkasis, à Amos et à Béorf avaient la particularité de se fondre sur celles de la personne qui les portait, donnant ainsi l'impression d'être réelles. Comme elles permettaient de comprendre et de parler toutes les langues, le porteur de masques répondit en sumérien à son interlocuteur:

– Oui, je comprends votre langue et la parle aussi. Je suis venu vendre mes prises!

– On voit très peu de gens de ta race ici, enchaîna le gaillard. Je peux regarder tes esclaves?

– À votre aise!

Le Sumérien commença par examiner la dentition de Lolya, puis lui tâta les jambes et le dos.

– Elle est en bonne santé, celle-là! déclarat-il. Trop jeune, mais en parfaite condition… Regardons l'autre…

Lorsqu'il retira le capuchon de Médousa, l'homme sursauta et hurla :

– MAIS QU'EST-CE QUE C'EST ? QUELLE HORREUR !

– Une gorgone, répondit tranquillement Amos en replaçant la capuche de son amie. Ce sont des créatures très travailleuses, solides et fiables. Rarement malades, elles sont par contre un peu agressives.

– Et ton ours, fit le Sumérien, tu le vends aussi ?

– Non, répliqua le faux vendeur d'esclaves sans se départir de son calme. Il a été dressé pour me protéger !

L'incrédule Sumérien sortit alors un couteau et lança par bravade :

– Tu veux dire que si je décide de t'attaquer, ton ours va…

Il n'eut pas le temps de finir sa phrase que Béorf lui bondit dessus, arracha son arme d'un puissant coup de patte et le renversa sur le dos. L'hommanimal tenait maintenant le cou du Sumérien dans sa gueule, prêt à lui arracher la gorge.

– Très bien, très bien, j'ai compris… Dis-lui de me lâcher, supplia l'homme en suant abondamment.

– Mais avant, dit Amos en se penchant légèrement vers lui, indiquez-moi comment fonctionne cet endroit et où je peux vendre mes esclaves.

La scène avait attiré le regard des curieux qui commençaient à s'agglutiner autour de ce groupe pour le moins hétéroclite.

– Il faut d'abord faire marquer les esclaves au fer rouge... puis... puis les inscrire pour le défilé. L'un après l'autre... les esclaves montent sur une scène et... et ils sont vendus à la criée...

– Merci beaucoup, fit l'elfe en caressant la tête de son ours. Oh, attendez, une question encore! Qui êtes-vous et que faites-vous ici?

– Je suis Lagash Our Nannou... négociant d'esclaves sumérien. Je me... je me promène avant les ventes aux enchères... pour... pour repérer les meilleures occasions. S'il vous plaît... votre ours... j'étouffe...

– Merci encore, Lagash, conclut le porteur de masques en faisant signe à Béorf de le lâcher.

Les badauds se dispersèrent et une nouvelle rumeur allait bientôt se répandre dans le souk. Un jeune elfe qui possédait des esclaves et qui se promenait avec un ours féroce, dirait-on, avait décidé de soumettre les Sumériens et voulait prendre le contrôle du marché. D'oreille en oreille, le ouï-dire prendrait de l'ampleur; les bavardages augmenteraient en enflammant l'imagination et, bientôt, ce serait une armée d'elfes qui allait attaquer la ville pour s'emparer de la population et la soumettre. Qu'importe ce que les habitants du souk allaient dire ou imaginer, Amos allait bientôt être une figure connue et crainte ; c'est exactement ce qu'il voulait !

Les adolescents passèrent les anciennes fortifications et découvrirent la misère de ce souk. Cette partie d'Arnakech était une véritable infection. D'énormes rats couraient çà et là au milieu des excréments et des déchets. Les maisons à plusieurs étages, que l'on devinait avoir été anciennement colorées et coquettes, étaient dans un état de décrépitude avancée. Des corps mutilés jonchaient le sol à la sortie des tavernes, anciennes victimes de règlements de comptes. Des barbares à la mine patibulaire et au regard cruel regardaient défiler les nouveaux venus en s'amusant à leurs dépens.

– Je n'aime pas cet endroit, murmura Lolya avec appréhension. C'est vraiment terrible !

– Moi non plus, chuchota Amos, lui aussi troublé. Jouons bien notre rôle et tout se passera bien…

À ce moment, quatre barbares encerclèrent les adolescents. L'un d'eux, puant l'alcool à plein nez, lança :

– Vous êtes maintenant à moi ! Je vous vendrai ce soir…

Sans se démonter, le porteur de masques se concentra et fit s'enflammer les bottes des barbares.

– C'EST UN MAGE! C'EST UN MAGE! hurlèrent les hommes en détalant à toutes jambes.

– Beau travail, grogna Béorf en levant la tête vers son ami.

– Ici, je crois qu'il vaut mieux attaquer et discuter ensuite! répondit Amos en accélérant un peu le pas. Quittons cette partie du souk. Je vois l'estrade pour le défilé des esclaves là-bas.

Des centaines de personnes étaient entassées devant la scène où un petit homme rond et chauve, balafré et borgne, vendait les esclaves au plus offrant. Une créature de forte taille, possédant un corps d'homme surmonté d'une tête de taureau, fit son apparition sur l'estrade. Amos, Lolya, Médousa et Béorf furent saisis par la stature de l'humanoïde. Les pieds, les mains et le cou enchaînés par de solides mailles, il était escorté par une dizaine de gardes bien armés. La criée commença alors:

– Voici un magnifique spécimen des sombres contrées minœnnes! annonça sur un ton théâtral le petit homme rondouillard qui répétait chacune de ses phrases en quatre langues. Cette créature a la force d'un demi-dieu et sert bien ses maîtres lorsqu'il est fouctté convenablement. Il a assassiné ses anciens propriétaires qui avaient eu la mauvaise idée de lui retirer ses chaînes. Ce Minotaure est bâti pour le travail forcé ou les combats de gladiateurs! Il est vendu avec une cage à roues renforcée facile à atteler! Les enchères débutent à cinq pièces d'or nordiques, douze *shumérus* anciens de Sumer, trente-sept *hittims* des contrées hittites ou cent quarante perles élamites. Faites vos offres!

Un groupe composé d'une bonne quinzaine de Sumériens ouvrit les enchères. Parmi eux, Amos reconnut Lagash Our Nannou. Quelques gobelins, visiblement des bonnets-rouges, surenchérirent. De riches fermiers des environs entrèrent aussi dans les négociations, mais les Sumériens proposaient chaque fois davantage. Finalement, ce furent eux qui acquirent le Minotaure.

— Et encore un autre esclave pour messieurs les Sumériens, conclut le vendeur en exigeant des applaudissements de la foule. Comme d'habitude, votre esclave sera prêt demain matin à la première heure! Vous en prendrez possession à ce moment! Voici maintenant notre lot suivant!

Dix hommes, enchaînés les uns aux autres, furent poussés sur l'estrade. Leur corps était recouvert de marques de fouet et de blessures encore sanglantes. Sur leur visage se lisaient distinctement la souffrance et le désespoir. Un seul de ces esclaves se tenait encore droit, la tête haute et les jambes solides. Amos, submergé par l'émotion, le reconnut tout de suite. C'était Barthélémy, le seigneur de Bratel-la-Grande, son ami.

— Commençons les enchères! lança le vendeur qui s'exprimait toujours en plusieurs langues. Ces galériens sont habitués au dur labeur de la rame et supportent magnifiquement bien les coups de fouet. Ils sont solides et capables d'endurer les pires climats. Ces hommes ont été dressés par les bonnets-rouges et vous sont offerts à vingt pièces d'or nordiques, quarante-huit *shumérus* anciens de Sumer, cent quarante-huit *hittims* des contrées hittites ou cinq cent soixante perles élamites. Faites vos offres!

— Vingt-cinq pièces d'or! lança Amos à la grande surprise de ses amis.

— Mais que fais-tu là? murmura Lolya, abasourdie.

— Je les achète, ce sont des amis! répondit brièvement le porteur de masques en comptant le nombre de pièces qui restaient dans sa bourse.

— À quatre pattes, je n'y vois rien du tout, grogna Béorf. De qui s'agit-il?

246

– C'est Barthélémy avec des chevaliers de la lumière de Bratel-la-Grande! rétorqua Amos à voix basse. J'en reconnais plusieurs…

Lagash Our Nannou regarda en direction du faux elfe, le salua d'un petit mouvement de tête et surenchérit du double. Le porteur de masques relança de dix pièces d'or et Lagash doubla encore la mise.

Sur l'estrade, Barthélémy venait à l'instant de reconnaître Amos. Il passa le mot à ses hommes, ce qui fit renaître l'espoir dans leurs yeux.

Le porteur de masques joua alors le tout pour le tout et offrit cent cinquante pièces d'or d'un coup. Cette somme représentait le contenu total de sa bourse. Lagash consulta ses compagnons et comme il allait relancer la mise, Béorf se dressa sur ses pattes de derrière et le regarda droit dans les yeux en lui montrant ses crocs. Le Sumérien, se rappelant l'étreinte de l'animal autour de son cou, retint son offre et Amos fut déclaré nouveau propriétaire des dix galériens.

– Vous pourrez en prendre possession demain matin, lança le vendeur alors que les gardes poussaient Barthélémy et ses hommes hors de l'estrade. Ils seront lavés, auront mangé et porteront de nouvelles chaînes, gracieuseté de la corporation des esclavagistes d'Arnakech. Applaudissons l'heureux propriétaire de ce nouvel équipage!

20

La tour d'El-Bab

Les jeunes aventuriers regagnèrent sans encombre le drakkar. Koutoubia les attendait avec impatience et les bombarda de questions. Béorf fut peu loquace et les deux filles n'en dirent pas beaucoup plus. Le cœur chaviré, Amos demeura silencieux et alla s'installer à la proue du navire.

– Mais que s'est-il passé ? insista Koutoubia. Que lui est-il arrivé ?

– Rien de bien réjouissant, lui répondit Lolya. Je crois qu'il est inquiet pour sa mère.

– Oh ! s'exclama le guide. Alors, il parlera lorsque son âme sera moins triste.

Lolya avait raison, Amos pensait à Frilla. La pauvre avait dû être marquée au fer rouge et vendue comme du bétail dans ce dégoûtant souk. Quelle humiliation! Comment pouvait-on faire subir cela à quelqu'un? Il y avait dans ce monde tant de souffrance et tant de haine. Et tous ces tourments étaient provoqués par eux, les dieux! Des divinités sans âme, imposant aux êtres vivants leurs commandements et leur morale, dictant par la bouche des prêtres, des brahmanes, des chamans, des corybantes, des druides, des eubages, des pontifes, des hiéro-phantes, des mystagogues, des ovates, des flamines, des quindécemvirs, des sacrificateurs et des victimaires de toutes les religions leurs paroles de guerre. Le bien contre le mal et le mal contre le bien, toujours et encore, comme un cercle vicieux pour l'éternité!

Découragé, Amos se laissa tomber à genoux en pleurant. Ses amis vinrent, en silence, s'asseoir près de lui pour le réconforter.

– Je me sens encore une fois écrasé sous le poids de ma tâche! confia le garçon. Je ne sais pas quoi faire pour arrêter la folie des dieux, pour mettre un terme à la souffrance et rétablir l'équilibre de ce monde. Je me sens prêt à tout abandonner… Je suis fatigué d'être porteur de masques.

– Si je le pouvais, lui dit Béorf, je prendrais ta place, mais… c'est toi le meilleur! Je ne sais pas si tu réussiras à accomplir la dure mission qui t'a été confiée… L'important, c'est d'essayer!

– Essayer de tout son cœur, reprit Lolya en posant délicatement la tête sur l'épaule d'Amos.

– Essayer jusqu'à la fin, ajouta Médousa.

Ainsi blottis les uns contre les autres, les quatre amis s'endormirent en laissant à Koutoubia le soin de poser sur eux une couverture. Dans un demi-sommeil, Amos entendit une voix réciter l'énigme sumérienne signée Enmerkar :

« Tu dois chevaucher et ne pas chevaucher, m'apporter un cadeau et ne pas l'apporter. Nous tous, petits et grands, nous sortirons pour t'accueillir, et il te faudra amener les gens à te recevoir et pourtant à ne pas te recevoir. »

Le jeune porteur de masques se vit, accompagné de ses amis, devant la gigantesque tour d'El-Bab et frissonna en pressentant qu'elle serait son tombeau.

à suivre

Lexique mythologique

LES DIEUX

ENKI: Dans la mythologie sumérienne, il est le dieu de l'Abîme, de la Sagesse, des Eaux douces, dieu aussi de la Magie, des Incantations et de l'Océan. Également appelé Abzu, il remplit les rivières de poissons, règle les mouvements de la mer, appelle les vents, crée la charrue, le joug, la pioche et le moule à briques, remplit la plaine de vie animale et végétale et bâtit les étables.

CRÉATURES MYTHOLOGIQUES

MEUVE : Ces esprits des eaux, dont le seul plaisir est de noyer les marins innocents, habitent dans les fleuves et les rivières de l'Angleterre. Tout comme les « Jenny Dents vertes » du Yorkshire, les meuves sont de couleur verte et ont de longs cheveux qui flottent comme des algues à la surface de l'eau.

ALRUNE : Issus de la tribu des Hunts, ces démons inférieurs sont capables de prendre plusieurs formes et différents visages. On les retrouve dans les mythes anciens des Germains et des Danois.

MANDRAGORE : Cette plante magique par excellence du Moyen-Âge est la plante des sorcières. On la trouve dans les pays qui ceinturent la mer Méditerranée. La racine est une rave impressionnante, brune à l'extérieur, blanche à l'intérieur. D'une taille pouvant atteindre 60 à 80 cm, elle peut peser plusieurs kilos.

GRISSAUNIER : Ces personnages sont inspirés des guilledouces, fées solitaires d'Écosse qui vivent dans les bosquets de bouleaux et s'habillent de feuilles et de mousse. Les grissauniers sont une invention de l'auteur et ne se retrouvent dans aucune mythologie connue.

PROTECTEUR DES ÉLÉMENTS : Aussi appelés « élémentaux », les protecteurs des éléments sont présents sous différentes formes dans toutes les traditions et toutes les cultures. Le comportement de ces êtres à l'égard des hommes est en étroite relation avec l'attitude que ces derniers ont envers la nature.

Transcontinental
IMPRESSION
IMPRIMERIE GAGNÉ